中公文庫

文庫で読む100年の文学

沼野充義／
松永美穂／
阿部公彦／
読売新聞文化部 編

中央公論新社

まえがき

本書は、「文庫×世界文学　名著60」という読売新聞でのリレー連載コラムをもとにしている。松永美穂さん、阿部公彦さんと私、沼野の三人が中心となって、全六〇冊を選び、それぞれの本について作家や研究者など、様々な人たちに解説を書いてもらうという企画だ。ただ、一口に世界文学といってもあまりに膨大で多様である。古代ギリシャや古代中国にまで遡っていたら、とうてい六〇冊では収拾がつかないだろう。そこで、時代を第一次世界大戦前後から現在までのほぼ一〇〇年間にしぼった。つまり、対象は広い意味での「現代」に書かれた世界文学といってもいいだろう。一般の読者が簡単に入手でき、気軽に読めるものという趣旨から、文庫本（またはそれに準ずるペーパーバック）に限るという「制約」を設けたので、作品選定にはかなり手こずったけれども、世界文学の沃野にこうして切り込んでいくのは、なかなか興味深い作業だった。私たちの依頼に応じて素晴らしいコラムを書いてくださった多くの執筆者にも改めてお礼申し上げたい。

しかし、連載の「世界文学」とはじつは日本を抜いた外国文学のことだった。現代の世界文学を考える場合、日本を世界から切り離すこと自体時代遅れもはなはだしい。そこで現代日本文学を読売新聞文化部記者としてずっと追ってきた待田晋哉さんがさらに日本から四〇冊選び出して追加し、海外と日本を合わせて全一〇〇冊の構成とした。こうしてできたのは、手軽なカタログのようなものでありながら、現代世界文学が全体としてどのような姿になっているかを示し、この広大無辺な領域に足を踏み入れる旅人を導く案内書である。そこで切り拓かれるのは、一昔前の、欧米の白人男性に偏った世界ではなく、もっと流動的でもっと多様な、まばゆい虹色の輝きに包まれた世界になるだろう。

本書はその性格からいって、最初から順に通読する必要はないし、もちろん予備知識も不要である。読者の皆様は気になる本、面白そうな本についての項目から自由に読み進んでいけば、いつの間にか世界文学のど真ん中に自分が立っていることに気づくことだろう。そして、本書で紹介されている作品のうち、二冊でも三冊でも実際に読んでみようという気になっていただければ、編者たちとしてはこれ以上の喜びはない。世界文学とは様々な本についての豆知識の集成ではなく、実際にあなたが何を手に取って、それをどう読むかにかかっているからだ。

沼野充義

目次

歴史と社会

生命のきらめき

歴史と社会

生命のきらめき

想像力の冒険

文庫で読む100年の文学

I

海外文学篇

初出　読売新聞「本よみうり堂」
二〇二〇年一〇月一一日〜二一年三月二〇日

愛の記憶

世界の青春はホールデンとともに

J・D・サリンジャー『ライ麦畑でつかまえて』

沼野充義

戦後間もない一九五一年にアメリカで、直訳すれば「ライ麦畑の捕手」となる、風変わりなタイトルを冠した本が出版された。同時代のアメリカを舞台に、思春期の少年を描いた小説だ。主人公ホールデンは、成績不良のために放校となる劣等生で、汚い俗語を頻発し、世の中の多くのものを「インチキ」として拒絶する。

将来何になれるのか、見通しも持てず悩む彼は、大好きな妹だけに、自分は「ライ麦畑の捕手」になりたいと打ち明ける。数多くの子供たちが遊ぶライ麦畑の縁《へり》に立ち、誰かが崖から転げ落ちそうになったら捕まえてやる——そんな仕事を一日じゅうやっていたい、というのだ。

サリンジャーは当時まだ三二歳の若さ。第二次世界大戦では志願して従軍し、ノルマンディー上陸作戦にも参加したが、その後戦闘ストレスのために神経衰弱に陥った。小説の題材は著者の戦争体験とは無関係だが、深い意味でこれは戦争のトラウマからの癒《いや》しを求める試みでもあった。

この作品はやがて世界中で広く読まれるようになった。日本ではタイトルを『ライ麦畑でつかまえて』と工夫した野崎孝による名訳が一九六四年の刊行以来読み継がれてきたが、それに加えて二〇〇三年には村上春樹による新訳『キャッチャー・イン・ザ・ライ』が出て、現代の読者の需要に応えることになった。思えば、二〇世紀の真ん中から現代に至るまで、世界の青春はずうっとこの小説の一六歳の主人公とともにあった。

時代は激動のうちに移り、若者の生活も変化したが、大人に反発しながら成長していく傷つきやすい純粋な魂の悩みは変わらない。それがこの小説の長い生命と普遍的な魅力の秘密ではないかと思う。


（ぬまの・みつよし　スラブ文学者）

一九五一年発表／野崎孝訳、白水Uブックス／村上春樹訳、白水社

J・D・サリンジャー（一九一九〜二〇一〇）アメリカ・ニューヨーク生まれ。父はユダヤ系、母はアイルランド系。『ライ麦畑でつかまえて』で一躍脚光を浴びた後、六五年を最後に作品を発表せず隠遁生活を送った。

修道院出奔と放浪の旅

ヘルマン・ヘッセ『知と愛』

松永美穂

原題は「ナルチスとゴルトムント」。修道院の見習い僧で学者としても優秀なナルチスが、修道院内の学校に入学したゴルトムントに惹《ひ》かれ、二人のあいだに友情が結ばれる。そのまま修道院で一生を送るイメージしか持っていなかったゴルトムントは、ナルチスとの会話から、自分のなかで抑圧されていた自由への憧れに目覚め、修道院を出奔する。この小説は、世俗の世界を放浪するゴルトムントの冒険を描いていくが、長い歳月を経て、二人は劇的な再会を果たす。

修道院、騎士の館、城、農村……。小説の舞台は中世を思わせるが、ヘッセはそこに、キリスト教的な価値観に背を向け、一個の人間であろうとする近代的自我をおいた。ゴルトムントは容姿に恵まれ、次々に女たちをものにする。その女好きが彼を窮地に立たせることも少なくない。

放浪の果てに殺人も犯し、飢えと寒さに苦しむゴルトムント。やがて地域一帯でペストが流行し、疑心暗鬼に駆られた人々のユダヤ人殺しが起こる。伝染病の感染爆発、そしてジェノサイド（集団殺戮《さつりく》）！　一九三〇年に発表されたこの小説が、強い光で過去だけでなく、来たるべき未来をも照射することに驚く。

一種の芸術家小説である点も見逃せない。ゴルトムントは彫刻の分野で才能を開花させるが、一箇所に定住できず、たえず旅に出る。フーテンの寅、ならぬフーテンのゴルトムント。読者はハラハラしつつ、気がつけば大きな世界に導き入れられるだろう。二度の離婚と第一次世界大戦を経て書かれた、ヘッセ円熟期の作品。ゴルトムントには、神学校をドロップアウトした若き日の作者の姿も投影されているだろう。対照的な二人の姿を通して、「幸福とは」という問いが投げかけられる。

（まつなが・みほ　ドイツ文学者）

一九三〇年発表／高橋健二訳、新潮文庫

ヘルマン・ヘッセ（一八七七～一九六二）ドイツ・カルフの牧師の家庭に生まれる。神学校に進学するも脱走。のちにスイスに移住し国籍を取得。平和主義の立場から両大戦に反対した。一九四六年ノーベル文学賞受賞。

どん底でもがく人の弱さ

J・M・クッツェー
『恥辱』

阿部公彦

文学の強みは「弱さ」にある。人間の失敗やダメさ、見苦しさ、哀《あわ》れさをきちんと表現した作品は、強い力で私たちに訴える。南アフリカを舞台にしたJ・M・クッツェーの『恥辱』もそんな作品の一つだ。

主人公の大学教授デヴィッドは英国ロマン派詩の研究者だが、大学が実益主義に傾く中、コミュニケーションの授業ばかりもたされ不満がたまる。妻とは離婚。かつてのプレイボーイも五〇歳を過ぎ、女性には相手にされない。そんな彼が女子学生と関係を持ったあげく、ハラスメントで訴えられて免職となる。

ここまではあっという間の展開だ。読者としては、ただただあきれるしかない。

しかし、クッツェーは実に巧みな作家。ここからが読ませる。どん底に落ちた主人公に、さらに二番底が待つ。職を失って身を寄せた娘の家で、新しい生活の道筋が見えたかと思いきや、とんでもない事件が発生する。家に強盗が入り、デヴィッドは大けが。

娘のルーシーは乱暴される。

因果応報などという生やさしいものではない。獰猛《どうもう》な世界が主人公に襲いかかる。都会の生活に慣れたデヴィッドには、農園の生活も黒人との付き合いも思うにまかせない。追い打ちをかけるように、ルーシーの妊娠も判明する。

しかし、右往左往するデヴィッドの前で、ルーシーは不可解なほど強かった。出産を決意し、前に進む。主人公がそんな娘を理解できないところに、この小説のリアリティがある。世界は過酷なまでに不可解なのだ。

クッツェーは平明なことばに皮肉や毒をこめる作家だ。南アでは黒人の描き方をめぐって抗議も起きた作品だが、もやもやしたものをそのまま封じ込めた傑作だと私は思う。

（あべ・まさひこ　英文学者）

一九九九年発表／鴻巣友季子訳、ハヤカワepi文庫

J・M・クッツェー（一九四〇〜　）南アフリカ・ケープタウン生まれ。英文学と数学で学位を取得。『マイケル・K』と『恥辱』でブッカー賞を二度受賞。二〇〇三年ノーベル文学賞受賞。〇二年よりオーストラリアに移住。

喪失感とノスタルジー

ヴァージニア・ウルフ『灯台へ』

片山亜紀

死別とは理不尽なものである。故人となったその人は、記憶の中にいつまでもその姿をとどめ、笑い、語る。そのぬくもりも、たしかに覚えている。しかし手を伸ばしても、そこにはいない。言えなかったことを伝えるすべは、もうない。

四〇代なかばに差し掛かろうとしていたヴァージニア・ウルフが『灯台へ』を構想しはじめたとき、根底にあったのはそのような感覚だっただろう。ウルフは一三歳のとき母を、一五歳のとき異父姉を、二二歳のとき父を、二四歳のとき兄を失った。その後イギリスは第一次世界大戦に突入し、膨大な数の犠牲者を出し、義弟や親しかった友人もその中で亡くなった。ウルフはそうした個人的な喪失体験をベースに、戦後イギリスの集合的な喪失感を重ね、『灯台へ』を書いた。

三部構成の『灯台へ』のうち、第一部では大戦前のとある午後がたどられる。ラムジー家はスコットランドのスカイ島でひと夏を過ごしており、末っ子ジェイムズは翌日の灯台行きを楽しみにしている。ところが冒頭から樹々は風に煽《あお》られ白い葉裏を見せ、天気は下り坂だ。母はそれでも晴れるかもしれないと息子をなだめるが、父は甘い嘘《うそ》をついてはいけないと手厳しい。

この第一部は、作者が幼いころ自明としていた世界の再現であり、ノスタルジーに満ちている。しかし同時に、そこは性別役割のはびこる世界でもあり、男の子は大英帝国の次の支配層となるべく、女の子はそのよき伴侶となるべく育てられる。大戦と時間の経過を象徴的に表す短い第二部でその世界は崩壊し、大戦後を舞台とする第三部で、生き残った人々は新しい価値観にもとづく世界を創造する。ウルフは死者たちに惜別の辞を送りつつ、開かれた未来へと読者をいざなう。

（かたやま・あき　英文学者）

一九二七年発表／御輿哲也訳、岩波文庫

ヴァージニア・ウルフ（一八八二〜一九四一）イギリス・ロンドン生まれ。文芸批評家レズリー・スティーヴンの娘として知的な環境で育つ。ドロシー・リチャードソンやジョイスによって示された「意識の流れ」を独自の立場から追求。ポスト印象主義絵画からも刺激を受けた。近年再評価が進む。

謎解きに誘う「背徳の書」
ウラジーミル・ナボコフ
『ロリータ』

秋草俊一郎

「ロリータ、我が命の光、我が腰の炎」……。印象的な書き出しではじまるこの小説は、独房に収監中の男の独白という体裁をとっている。男の名前はハンバート・ハンバート。パリ生まれのスイス市民であるハンバートは、移住先のアメリカで偶然出会った少女ロリータに魅了され、半ば強引に略取して車に乗せて全米を連れまわす……。

本書は三〇代後半の中年男が一二歳の少女に恋をするという衝撃的な内容もあって、当初は国外の出版社から一九五五年に刊行された。その後、アメリカ本国でも出版されると話題になり、「ロリータ・コンプレックス」の言葉も生んだ。

ただ、内容は必ずしも単純ではない。著者のナボコフは、ロシア革命で故郷を追われた元貴族だ。ヨーロッパの亡命ロシア人コミュニティで若手作家として注目されるようになるが、第二次大戦のため二度目の亡命を余儀なくされる。その際執筆言語もロシア語から外国語である英語に切りかえたという経緯がある。元より実験的な作風だった著者は、本作でも冒頭の一節にも見られるように、様々な言葉あそびを仕掛けたこともあって、一種の「謎解き」に誘うような一面をもっている。

例えば語り手のハンバートが、何の容疑で逮捕されたのかもはっきりしない。並べ立てられた自己弁護の言葉に惑わされずに、その罪をどう裁くのかは読者に委ねられていると言っていい。それは最終的にハンバートの手から逃れ、本名のドロレスで家庭を持ち、慎ましい生活を送る女性を、どうとらえるのかという問題と表裏一体でもある。

五九年には日本で早くも邦訳が刊行され、「背徳の書」という触れ込みで話題を呼んだ。だが何度も改版されるたびに文学作品としての評価が高まり、新訳されて現在は大江健三郎の解説つきで文庫におさまっている。このように変わっていく読まれ方自体、作家のしかけたたくらみだったのかもしれない。

（あきくさ・しゅんいちろう　比較文学者）

一九五五年発表／若島正訳、新潮文庫

ウラジーミル・ナボコフ（一八九九〜一九七七）ロシア帝国サンクトペテルブルクの名門貴族の出身。革命により西欧に亡命、のちアメリカに移住。大学でロシア文学を教えながら英語で作品を発表。『ロリータ』で名声を得たのち、スイスに渡り執筆に専念、この地で没した。

「真の人生」の謎を解く

マルセル・プルースト『失われた時を求めて』

坂本浩也

『失われた時を求めて』は、一九世紀末から第一次大戦後にいたるフランス上流社会の変遷を描きながら、記憶と文学の可能性を探究した哲学的なミステリである。

紅茶に浸したマドレーヌの味で過去を思い出す挿話は有名だ。この場面は探偵小説でいえば「冒頭の謎」にあたる。このとき人生の苦難や死を超越するほどの歓《よろこ》びを感じたのはなぜか？　最終篇まで読み進めると、プルーストの思想を集約する答えが待っている。

物語は「私」の回想の形をとる。文学を志す繊細な少年は、母と祖母に愛され、たびたび恋に落ち、海辺や古都を旅し、社交界で憧れの名門貴族と交際するようになるが、創作に着手できないまま時が過ぎる。嫉妬と不安にかられて恋人を束縛し、喪失の悲しみに沈む。

夢想と幻滅、惰性と忘却、誤解と後悔からなる間違いだらけの人生に、ときおり不可解な歓喜の瞬間が訪れ、冒頭の謎のヒントをくれる。日常のなかのふとした印象、散歩道で見かけた鐘塔や花や木々、絵画や音楽の鑑賞をきっかけに、比喩をつめこんだ詩的な描写と美学的な考察があふれ出す。

そして大戦後、あらゆる望みを失ったとき、不意に啓示が到来する。無意志的想起の謎が解かれ、「私」は書くべき文学作品の本質を悟る。これほど長い小説が世界中に愛読者をもつのは、ひたすら残酷で滑稽な人生を文学の力が肯定する希望の物語だからだろう。

皮肉とユーモア、諷刺《ふうし》も際立つ。この小説は社会に流布するイメージと言葉をめぐる批評でもある。戦時ジャーナリズムへの批判の射程は現代にも及ぶ。

二〇一九年に完結した吉川一義訳は抜群に読みやすい。厳密な考証にもとづき、当時の貴重な図版を多数収録。各巻の充実した訳者あとがきも理解の助けになる。

（さかもと・ひろや　仏文学者）

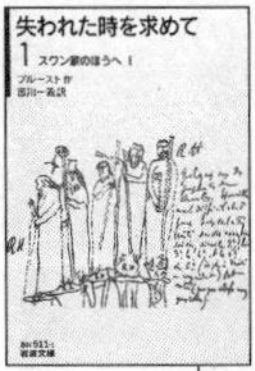

一九一三～二七年発表／吉川一義訳、岩波文庫（全一四巻）ほか

マルセル・プルースト（一八七一～一九二二）フランス・パリ郊外生まれ。コルク張りの部屋にこもって執筆した『失われた時を求めて』は、以後の小説に決定的な影響を及ぼした。

政治に翻弄された愛のかたち

ミラン・クンデラ『存在の耐えられない軽さ』

須藤輝彦

抽象的なタイトルからは想像しづらいけれど、この小説はじつのところ、四人の男女（と一匹の犬）をめぐるラブストーリーだ。

ただし普通の小説と異なるのは、その語り手がとびきり自由で、とびきり出たがりだということだ。なにせこの男、小説冒頭から、主人公たちの登場に先んじてニーチェについての思索を始めてしまうのだから。それでも読者はやがて気づくだろう。この語り手が、いかに愛情深く、いかに近くから、彼らを見つめているかということに。

とつぜんニーチェが現れるのも、女たらしの外科医トマーシュが小さな町のウェートレスだったテレザと出会い、運命を変えていく瞬間をよりよく理解するため。いきなり辞書形式で話が進むのも、画家のサビナと学者のフランツとの間に横たわる深い溝を、鮮やかに照らしだすためだ。

だがこの語り手も、愛の物語だけを語ってはいられない。検閲、盗聴、密告、処刑

——東西冷戦下に起きた民主化運動「プラハの春」が圧殺され、ソ連の圧力により「正常化」された一九六〇年代から七〇年代のチェコスロヴァキアを背景とする本作は、登場人物たちを呑《の》みこみ、作者のクンデラ自身をフランス亡命へと追いやった荒々しい政治の力を、克明に記録している。一時はジュネーブに逃れたトマーシュとテレザも、最後には小さな村へと引っ越すため、住み慣れたプラハを後にする。

二人の田舎暮らしを描く最終部は「カレーニンの微笑」と題される。そこには、長年連れ添い老犬となったカレーニンに対するテレザの無私の愛が、一切の使命と欲望から解放されたトマーシュの心の安らぎが、そして何より、この小説にしか映しだせない悲しくも美しい情景が、広がっている。

（すどう・てるひこ　中欧文学者）

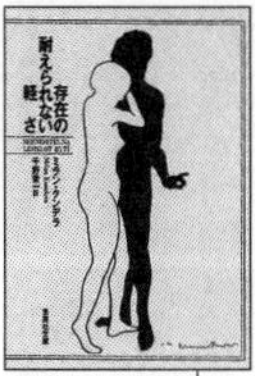

一九八四年発表／千野栄一訳、集英社文庫

ミラン・クンデラ（一九二九〜　）チェコスロヴァキア・ブルノ生まれ。一九六八年「プラハの春」で改革を支持し、のちに創作の場を追われる。七五年フランスに亡命、八一年フランス市民権獲得。

非日常での恋愛と心理

張愛玲
『傾城の恋／封鎖』

藤澤太郎

張愛玲は中国語圏では二〇世紀の作家の中で十指に入る地位にあり、特に女性作家としてトップクラスの人気を誇っている。「張迷」とよばれる熱烈な愛読者も多い。

その本領は、装飾的な凝った文体と、都市的なさばけた感覚のもとに展開する恋愛物語の中での人間描写と社会描写の妙にある。世界文学の一つの成果として読まれる価値は十分にもっているといえるだろう。

『傾城《けいじょう》の恋／封鎖』はその初期作がおさめられた「入口」となるような本である。この中で、まずは「封鎖」という一篇だけでもいまお読みいただくことをオススメしたい。

「封鎖」が執筆・発表されたのは一九四三年の上海である。当時の上海は日本の間接統治下にあり、テロ対策や戦時訓練などを理由として市内の特定の一角が一時的に「封鎖」されることがあった。ひとたびある区域が封鎖されると、解除されるまでの数時間あるいは数日はその外側との往来が完全に遮断されることになる。作品で描かれるのは、その封鎖の内側の路面電車の中での出来事である。

このようにまとめてしまうと、ずいぶん特殊な背景の作品だなと思われるかもしれない。しかし、話の中心にあるのは、封鎖によって生まれた「非日常空間」での男女の恋愛であり、書類鞄《かばん》と中華まんを抱えた銀行員や大学助手の若奥様風インテリ女子など「日常」では接点のなかった人々が「非日常」の中で結びつけられ、また「日常」に戻ることによって変化していく、その人間の微妙な心理の綾《あや》の探究である。「封鎖」というものの多義的な意味を視野に入れたその問題意識は、封鎖に類する状況を経験し、日常と非日常の転換をくぐりぬけてきたコロナ禍後の現在にもつながっているのである。

（ふじさわ・たろう　中国文学者）

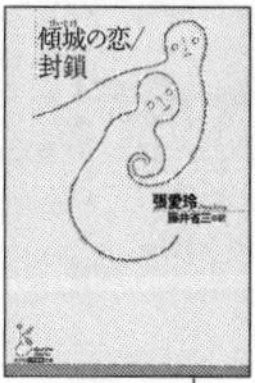

一九四三年発表／藤井省三訳、光文社古典新訳文庫

張愛玲（一九二〇～九五）中国・上海生まれ。祖母は李鴻章の長女。日中戦争下の上海で文壇に登場し作家として名を成す。中華人民共和国成立後は香港を経てアメリカへと居を移し、主に台湾・香港・アメリカの読者を対象に執筆活動を行った。

嵐のとおりすぎた顔の美しさ

マルグリット・デュラス

『愛人　ラマン』

後藤はるか

一九八四年に出版された『愛人』は、著者が一五歳のときに経験した中国人男性との性愛が描かれた自伝的作品として話題を呼び、忽《たちま》ちベストセラーとなった。物語の舞台は仏領インドシナのベトナムだ。そこに見出《みいだ》される、一七歳でフランスへ旅立つまでの少女時代の記憶、家族とりわけ母親をめぐる物語は、四〇年代のデビュー以来、デュラスがすでに幾度も書いてきたことだった。

幾つもの作品に散らばった記憶の詳細は一致しない。記憶を語ることは忘却について語ることに等しいのだろう。記憶の断片は、虚構世界に紛れこむと、その至るところに穴をあけて漂い彷徨う。多孔質な世界で、虚構と現実が境目なく混ざりあうと、それが次第に独特の雰囲気を醸しだすようになっていった。

ところで、フランスで女性たちが作家として活躍しやすくなってきたのは、五〇年代になってからのことにすぎない。その流れにのり、ただし独自の方法を模索しながら、ひたすら書き続けた成果だろう。五〇年代末、彼女は新しい小説表現を探求するヌーヴォー・ロマンの作家の一人とみなされるようになった。

しかし彼女は長くはそこに留まらなかった。やがて小説からも離れ、七〇年代を中心に『インディア・ソング』をはじめとする幾つもの映画を撮り、劇作も続けた。しなやかにジャンルを越えた彼女の文学は、今なお多くの表現者に影響をあたえ続けている。

長年の多様な試みの収斂の場とみえる『愛人』のそれぞれのページには、異なる時間の層が重なり浮かぶ。こちらはそのゆらぎに幻惑されるが、すべては淡々としている。

愛が理解不可能でも、物語は、砂が水を吸うように、すべてを吸いこみそれを忘却から守る。「人生のひろがりが砂漠の姿をとった」という七〇歳になる彼女が書いたこの作品は、その冒頭一行目に登場する「もう若くはないわたし」のように、「嵐のとおりすぎた顔」をしていて美しい。

（ごとう・はるか　仏文学者）

一九八四年発表／清水徹訳、河出文庫

マルグリット・デュラス（一九一四～九六）　フランス領インドシナ（現ベトナム）に生まれ育ち、パリ大学で法律・数学・政治学を学ぶ。『愛人』でゴンクール賞受賞。脚本家、映画監督としても活躍。

「夢」の小説

S・フィッツジェラルド
『グレート・ギャツビー』

森 慎一郎

極上のメロドラマである。

貧しい生まれの男が、貧しさゆえに失ったかつての恋人を取り戻そうと、手段を選ばず巨万の富を築く。時は一九二二年、アメリカが好況に沸き、禁酒法下でギャングが暗躍した狂騒の時代の真っ只中。社会の裏階段を駆け上がった男は、その手に夢を、「黄金の娘」を摑《つか》みかけるも……。

フィッツジェラルドが尊敬していた先輩作家のイーディス・ウォートンは、本作を一読して若き作者に賞賛の手紙を書き送りながらも、興味深い留保をつけている。実によく書けた小説だけれど、結局のところ主人公ギャツビーの生涯は、せいぜいが三面記事のネタにすぎないのではないかと。

そのとおりなのだ。でもその三面ネタがなぜか百年経っても色あせず、それどころかベスト小説リスト常連の「名著」にまでなりおおせている不思議に、この小説の儚《はかな》くも強靭《きょうじん》な魔法がある。

　だから読者はタイトルに釣られて、この小説に性急に「グレート（偉大）」さを求めないほうがいい。ギャツビーの「グレート」さが皮肉抜きには語れないように、本書の「グレート」たる所以《ゆえん》も、所詮はメロドラマ、というささやかさと裏表の、危うい均衡の上に成り立っている。

　まずはよくできたメロドラマとして楽しむこと。そのうえで、浮世の切なさ滑稽さを描き出していく作家の筆さばきの、その寸分の狂いも見せぬ呼吸に感じ入ることができたら、そのときは本書が「完璧な小説」とも称される理由がわかる。手練《てだれ》の文筆家たちがもらしてきたこの評は、何も小説のあるべき姿を語っているのではない。それは稀代《きだい》の風俗作家がこの一冊に練りこんだ小説の技の、その圧倒的な説得力を前にしてのため息なのだ。

（もり・しんいちろう　米文学者）

一九二五年発表／村上春樹訳、中央公論新社／野崎孝訳、新潮文庫

S・フィッツジェラルド（一八九六〜一九四〇）アメリカ・ミネソタ州生まれ。ベストセラー作家として奔放な暮らしを送るが、世界恐慌や妻の病が生活に影を落とし失意と困窮から酒に溺れ心臓発作で急死。

気長に確かに他者を想う

イーユン・リー『黄金の少年、エメラルドの少女』

青山七恵

北京生まれのイーユン・リーは大学院進学のためアメリカに渡り、母語ではない英語で創作を始めた。デビュー作となる二〇〇五年の短篇集『千年の祈り』は多くの文学賞を受賞し、今では「中国のチェーホフ」とも称されるという。『黄金の少年、エメラルドの少女』は短篇の名手としての呼び声をより確かなものにした彼女の二冊目の短篇集だ。

表題作は、アメリカ帰りの中年男と元大学教授の母親、そして彼女を慕う元教え子の女性の深く複雑な関係を描く。老いた母親も、彼女のお膳立てで結婚話が進む息子と元教え子もそれぞれに癒されない孤独を抱えているが、水彩絵の具のように淡く繊細に重ねられる言葉が、三つの孤独よりも強靭な一つの愛の形を浮かび上がらせる。

独り身の中年女性が一〇代の数年間を回想する「優しさ」という一篇も、唯一無二の愛にまつわる物語として忘れがたい。少女時代に文学の手ほどきを受けた初老の女性にも、軍生活で友情を示してくれた中尉にも、彼女は心を開かなかった。この世の優しきもの全てに背を向けているように見える彼女だが、注意深く読めば、孤独こそが彼女にとって他人の優しさを受け取る手段であること、世界と触れあう唯一の術《すべ》であるということがわかる。

この短篇集で描かれる、時に不器用に、時にあまりに慎ましく心に愛を育む人々の姿を見ていると、人と人との物理的距離が意識される今、他者と共に生きていくための見えない距離、そして互いを理解するための時間について考えさせられる。著者イーユン・リーの語り口のように、気長に、確かに、他者を想い続けること。それは簡単なことではないが、人生を賭しても試みる価値があるとこの一冊は教えてくれる。

（あおやま・ななえ　作家）

二〇一〇年発表／篠森ゆりこ訳、河出文庫

イーユン・リー（一九七二〜　）中国・北京生まれ。北京大学卒業後渡米、アイオワ大学で学ぶ。二〇〇五年『千年の祈り』でフランク・オコナー国際短編賞、PEN／ヘミングウェイ賞などを受賞。作品は母国語の中国語でなく、英語で書く。

少年院時代の回想と消滅

ジャン・ジュネ『薔薇の奇跡』

前之園 望

書道に水書用紙というものがある。この用紙に水で書かれた文字はまるで本物の墨汁で書かれたように見えるが、数分もたてば水分が乾いて跡形もなくなる。ジャン・ジュネの『薔薇の奇跡』は、水書用紙に書かれた文字のような稀有《けう》な小説である。自伝的要素が強い本作は、ジュネに重なる「僕」がサンテ刑務所からフォントヴロー中央刑務所へ移送されるところから始まる。第二次世界大戦のさなか、ドイツによるフランス占領が開始された頃である。「僕」は一五年前にメトレーの少年院に入っており、かつての少年院仲間たちとフォントヴローで再会する。物語は刑務所での出来事と少年院時代の回想が絡み合うようにして展開され、中でもメトレー出身のふたりの人物がクローズアップされる。死刑囚アルカモーヌと美青年ビュルカンである。「僕」は前者を神のごとく崇拝し、後者とは恋仲になる。

しかし、物語の冒頭から、どちらも物語の末に死んでしまうことが繰り返しほのめかされる。物語が進むにつれてふたりの人物の輪郭が明確になりリアリティは増してゆくが、そのリアリティは消滅することが約束されているのである。さらに、物語の後半で、少年院自体が現在では廃墟となっていることが明らかになる。主人公の回想を通じて読者の頭の中に具体的に築き上げられた少年院のイメージもまた、最後に丁寧に消されてしまうのだ。

時に焼け付くような痛みと共に、確かに手に触れた感触はあるのに、すくいあげた砂が指の隙間からさらさらとこぼれおちるように、感触の名残だけを残していつの間にか手の中には何も残らない。主人公のことばを借りれば、本作はまさしく「千年前に消滅した星から届く光」なのである。

（まえのその・のぞむ　仏文学者）

一九四六年発表／宇野邦一訳、光文社古典新訳文庫

ジャン・ジュネ（一九一〇～八六）フランス・パリ生まれ。生後数ヶ月で母親に捨てられ里親のもとで育つ。幼少期より非行を繰り返し施設に入る。一九四二年、刑務所内で詩や小説を書き始め、これに目を留めたコクトーらの尽力で終身刑を恩赦された。

少女の罪と読者の共犯

イアン・マキューアン『贖罪』

武田将明

現代イギリス屈指の技巧派作家の代表作。難しそうなタイトルだし、文庫で六〇〇頁を超える長篇だが、ひとたび手に取れば、完璧に設計された物語に息を呑むだろう。一九三五年の炎暑の日、イギリスの田舎の邸宅で物語は始まる。一三歳の少女ブライオニーは親族の前で自作の劇を上演しようと意気ごむが、役者となる従姉弟《いとこ》たちと意見が合わない。失望した彼女は、大学生の姉セシーリアが使用人の息子で同じ大学に通うロビーと激しく抱擁する姿を目撃し、気が動転する。その晩、従姉のローラが何者かに陵辱される。たまたま現場の近くにいたブライオニーは、犯人がロビーだと警察に告げてしまう。実際には、犯人の顔を見てもいないのに。

これが本書における「罪」であり、些細な出来事の積み重ねが少女の心理を歪《ゆが》め、虚偽の告発を導く過程が、夏の夜の深い闇にも似た濃密さで語られている。

その後、刑務所に入れられたロビーは、軍に入隊する条件で出獄して第二次世界大戦に出征、フランスのダンケルクからの過酷な撤退戦に参加する。銃後では、恋人を奪った家族と訣別してロンドンで看護師になったセシーリアの元をブライオニーが訪ねる。罪悪感に苛《さいな》まれる彼女は大学進学を拒否し、同じ看護師として働いていた。果たしてブライオニーによる贖罪《しょくざい》は叶い、恋人たちからの赦《ゆる》しは得られるのか。

ところが、やがて明らかになるのは、この贖罪の物語が長じて作家となったブライオニーによる創作だということである。確かなのは、彼女の罪があり、恋人たちがいたことだけ。迫真の心理描写も、真犯人の指摘も、事実かどうか疑わしい。多くの読者は、本書を二度読むだろう。そして物語の黒い悦びを堪能し、ブライオニーと密《ひそ》かな共犯関係を結ぶに違いない。

（たけだ・まさあき　英文学者）

二〇〇一年発表／小山太一訳、新潮文庫

イアン・マキューアン（一九四八〜　）イギリス・ハンプシャー州生まれ。幼少期をシンガポール、リビアなどで過ごす。『アムステルダム』でブッカー賞、『贖罪』で全米批評家協会賞など多数受賞。二〇一一年エルサレム賞受賞。

新しい人生を創造する物語

J・ウィンターソン『オレンジだけが果物じゃない』

松田青子

数年前の春、ロンドンで小さなカフェに行った。煉瓦《れんが》造りの、雰囲気のある建物だった。駅が近く、向かいが現代的な建物だったこともあって、そのギャップに少し戸惑った。私はどうしてもそのカフェに行きたかった。なぜなら、その場所は、『オレンジだけが果物じゃない』の作者、ジャネット・ウィンターソンが経営するカフェだったからだ。私が行った時は残念ながら不在だったけれど、イギリス在住の友人は一度だけ、お店の奥にいる彼女の姿を見たことがあるそうだ。

私はカフェオレを飲み、朝の短い時間をしばらくそこで過ごした。食料品も扱われているその店は、レジ前にオレンジが売られていて、これはやはり彼女の作品名に因んでいるのかなと思いながら、一つ買った。訳者の岸本佐知子さんへのお土産にしたかったのだが、さすがに日本に持って帰れないだろうと諦めた。その後、そのお店は税金の引き上げにより、閉店してしまった。

『オレンジだけが果物じゃない』は、作者の半自伝的作品と言われている。狂信的なキリスト教徒の養母に育てられた主人公のジャネットは、周囲になじめず、学校でもとことん浮いている。同性に恋心を抱いたことで自分がレズビアンであることに気づいた彼女は、それまでの奇妙な生活に別れを告げ、新しい人生に一人踏み出していくことになる。不思議なのは、この作品には、一章ごとに「創世記」「レビ記」と、聖書からの名前がついていることだ。

どうしてだろうとはじめて読んだ際に考えたのだが、それはきっと、過去の彼女にとって唯一無二の真理だった聖書を自ら書き直し、彼女自身の物語を創造する、という切実な試みだったのだろう。作者の痛みを伴うユーモアが愛《いと》おしくてたまらない、勇敢な一冊だ。

（まつだ・あおこ　作家）

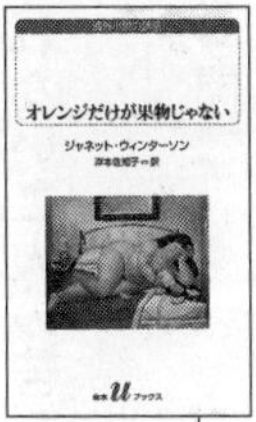

一九八五年発表／岸本佐知子訳、白水Uブックス

J・ウィンターソン（一九五九〜　）イギリス・マンチェスターに生まれる。養父母に説教師となるべく育てられたが家出。デビュー作『オレンジだけが果物じゃない』がテレビドラマ化され脚光を浴びる。

結ばれない二人の苦しみ

アンドレ・ジッド
『狭き門』

中村文則

現世の喜びを捨て、キリストの神の下で生きるアリサと、彼女に恋をした男の物語。二人は愛し合っているが、アリサの禁欲的な信仰のため中々結ばれない。

若い時は意識しなかったが、かなり久し振りに読むとアリサの描き方に違和感を覚える。アリサは序盤で聡明な女性と思ったが、徐々に明かされていく彼女の内面が、どうも少女風で奇妙に感じる。作者が彼女を少し貶《おとし》めているのでは？　と思ってしまう。

作者のジッドは自ら妻と結婚したが、同性愛者で妻と性行為が一度もなく、男性の愛人がおり、後に妻ではない若い女性の愛人と子をつくった。妻は彼の手紙を焼いたこともあったという。アリサのモデルは妻らしいが、もしかしたら描写の不自然さの原因はそこにあるのかもしれない。妻を都合よく解釈していることが、作品に滲《にじ》み出てしまったのだろうか？　どうだろう。

でも小説の構成はユニークである。この手の恋愛物語は三角関係が中心になることが多いが、この小説は三角関係が終わり二人に戻ってからが本題となる。せっかく二人になったのに、そこから延々と結ばれない苦しみが続くのだ。

この小説が名作とされるゆえんは、実は世界文学屈指の名タイトルにあるのではと思う。

元々は新約聖書の「力を尽して狭き門より入《い》れ。滅びにいたる門は大きく、その路《みち》は広く、之より入る者おおし」の一節からきている。聖書とこの小説での意味は実は結構違うのだが、このタイトルは小説から独立し私達に迫る力がある。時々でも私達は、狭き門から入り困難な道を選んでいるだろうかと。楽な道ばかり選んではいないかと。

余談だが、狭き門ではなく狭い門だと言葉の魅力が減る。日本語は面白い。

（なかむら・ふみのり　作家）

一九〇九年発表／山内義雄訳、新潮文庫ほか

アンドレ・ジッド（一八六九～一九五一）フランス・パリに生まれ、厳格なプロテスタントの家庭に育つ。早くからマラルメ、ヴァレリーと知り合い象徴派風の作品を書くが、すぐに脱し生命の歓喜、自由を追求した小説を発表。一九四七年ノーベル文学賞受賞。

歴史と社会

よみがえるユダヤの庶民の世界

I・B・シンガー
『よろこびの日——ワルシャワの少年時代』

沼野充義

アイザック・バシェヴィス・シンガーは、世界的な名声を勝ち得たほとんど唯一のイディッシュ語作家だ。一九七八年にはノーベル文学賞も授与された。ポーランド出身だが、三五年に渡米、作品も英訳を通じて世界に知られるようになった。しかし彼は最後までイディッシュ語で書き続けた。

イディッシュ語とは、東欧ユダヤ人が日常的に使っていた口語である。国家を持たない、文字通り母から子に伝えられる「母語」として、この言葉はユダヤ人の生活を生き生きと伝える表現手段となり、その最後にして最大の語り部と呼ばれるのがシンガーだ。

物語性豊かなシンガーの作品は数多く、児童向けに書かれた連作短篇集『よろこびの日』は彼の代表作とは言えないが、特別な作品である。ワルシャワで成長していった一四歳のころまでの少年時代を描いた、彼の原点を凝縮した自伝小説だからだ。

クロフマルナというユダヤ人街を舞台に、貧しいけれども人情味あふれるユダヤの庶民が入れかわり立ちかわり現れ、少年の目を通じて世界の謎が一つ一つ解き明かされていく。やがて平和だった暮らしにも大戦、革命といった激動の波が及び、少年は恋愛と呼ばれる「混沌の世界」に足を踏み入れる年ごろになる。

シンガーの魔法の筆のおかげで、はるか昔に失われたはずの「知恵とおろかさ、激しさと優しさ」に満ちた小世界がよみがえる。ユダヤ人はかつてワルシャワの人口の三分の一を占めたと言われるが、そのほとんどがホロコーストの犠牲になった。しかしシンガー自身が言うように、「物語のなかでは、時間は消えない。……物語のなかの生きものは、いつまでも生きつづける」のだ。

（ぬまの・みつよし　スラブ文学者）

一九六九年発表／工藤幸雄訳、岩波少年文庫（品切）

I・B・シンガー（一九〇四～九一）ポーランド生まれ、一九三五年にアメリカへ移住。ユダヤ人作家としてイディッシュ語で書き続けた。S・ベローが英訳して注目されるようになる。長篇・短篇のほか、子ども向けの物語も残した。七八年ノーベル文学賞受賞。

南アの人々の多様な人生

ナディン・ゴーディマ『ジャンプ 他十一篇』

松永美穂

南アフリカで人種差別反対の立場を貫いたナディン・ゴーディマの短篇集。アフリカ人女性として初のノーベル文学賞を受賞したが、特に短篇に定評があった。彼女はマンデラの支持者でもあったが、ここに収められた作品は、政治的判断によって人々の行動に白黒つける、という類いのものではない。むしろ、さまざまな立場の人々の態度や心情を、ときに突き放し、ときに寄り添いながら、リアルに描き出している。主人公は黒人だったり白人だったり、男性だったり女性だったり、老いていたり若かったりする。通読すれば、アフリカ南部に住む多種多様な人々が抱える問題を一望し、その複雑さや人生のままならなさに思いを馳せることになるだろう。

冒頭の短篇「隠れ家」では、潜伏中の反体制派の活動家が、バスのなかでたまたま言葉を交わした人妻と深い仲になる。人目を避け、身元を偽ったまま共に過ごした夜は、彼の記憶、彼女の記憶に、どのように焼き付けられるのだろう?

同じ白人の活動家であっても、黒人が政権をとったあとの国家を転覆させようと、テロ活動に身を投じる者もいる。表題作「ジャンプ」では、撮影した写真がもとで、人生が狂ってしまった青年が登場する。テロ組織を裏切り、ホテルに軟禁されている彼は、新たな人生への一歩を踏み出すことができるのだろうか？

短篇集からはもちろん、女性たちの声も聞こえてくる。反アパルトヘイトの活動により逮捕された夫の帰宅を待ち侘びる黒人女性（「釈放」）。両親がいなくなり、祖母とともに内戦状態の故郷を離れて難民キャンプまで移動する少女（「究極のサファリ」）。矛盾だらけの世界に翻弄される人々の姿が、心に迫る。

（まつなが・みほ　ドイツ文学者）

一九九一年発表／柳沢由実子訳、岩波文庫

ナディン・ゴーディマ（一九二三～二〇一四）南アフリカ・スプリングズでユダヤ系移民の子として生まれる。一九七四年『保護管理人』でブッカー賞、九一年ノーベル文学賞受賞。一貫してアパルトヘイトを批判し続けた。

落日の帝国と甘美な記憶

イーヴリン・ウォー『回想のブライズヘッド』

阿部公彦

物語は第二次世界大戦の最中、従軍するチャールズの回想から始まる。彼がセバスチアンと過ごした青春は、同性愛の気配も混じる甘美なもの。現代ならそこはより明瞭に示されたかもしれないが、この曖昧さは作品の持ち味でもある。

記憶の中で蘇るのは、一九二〇年代オックスフォードの学生生活だ。栄華を極めた大英帝国が衰頽《すいたい》に向かったこの時代は、数々の文学作品に描かれてきた。そこで重要な役割を担うのは富裕層の生活を象徴するカントリーハウス（地方の別荘）で、『回想のブライズヘッド』もその系統に連なる。田園風景に囲まれたブライズヘッドの邸宅での貴族の「斜陽」は甘く切なく壮麗で、かつ残酷。ウィットもきくが、最後は生死の深みへ。落日のドラマは実に複雑で微妙な味わいがある。

セバスチアンは小説を通して異彩を放つ。テディベアを手放さない愛嬌あふれるこの青年には初めから影があった。背後には家族のこと、とりわけ敬虔《けいけん》なカトリック信者の母親とのあつれきがある。彼はやがて酒浸りになって大学を去り、アフリカなどを放浪の末、廃人同然となる。他方、チャールズは結婚後、画家として成功、セバスチアンの妹ジューリアと再会し深い関係となる。そして再びブライズヘッドへ。しかし、ジューリアは家族の価値観を捨てられない。

とにかく文章が素晴らしい。ウォーの真骨頂は鋭くスパイシーな表現だが、この作品では陶然とする風景描写や、心理への絶妙な切りこみ、ニヤリとする会話が並ぶ。チャールズとセバスチアンの曖昧な関係も、慈愛ゆえに家族を苦しめる母親も、ウォーは抑制の効いた文章を駆使して見事にとらえる。英国の袋小路を示しつつ、現代社会まで射程に収める名作だ。

（あべ・まさひこ　英文学者）

一九四五年発表／小野寺健訳、岩波文庫（上下）

イーヴリン・ウォー（一九〇三〜六六）イギリス・ロンドン生まれ。オックスフォードで歴史学を専攻するが中退。一九三〇年にカトリックに改宗。諷刺の利いた作品で人気を博すが、作風を一変した『回想のブライズヘッド』はアメリカでベストセラーになった。

「なぜ」を問う始まりの書

トニ・モリスン『青い眼がほしい』

西 加奈子

語り手であるクローディアは、両親と姉と暮らしている。家は貧しく、幼い彼女も家計を助けるために、石炭を集める毎日だ。そんな貧しさの中で、郡から「問題のある子」、ピコーラが送られてくる。ピコーラの家庭はクローディアのそれに輪をかけて貧しく、家族関係はすでに崩壊しており、父親であるチョリー・ブリードラブが酔っ払って家を火事にしてしまったのだった。

ピコーラは「家なし」であるだけではない。「自分たちのものではないのに、醜さを身につけ、いわば着ているようなものだった」。その容貌から、貧しさから、臆病な性格から、そして、ただ世界がそういうものであるという理由から、ピコーラはあらゆる人間に蔑《さげす》まれ、存在を黙殺され、虐待される。それは、ピコーラが徹底的におぞましいやり方で傷つけられる最後まで止むことはない。

彼女は思う。自分が青い眼を持たないからだ。この世で一番青い眼を自分が手にすることが出来れば、皆が自分を愛するようになる、と。

トニ・モリスンはこの小説でデビューした。それ以降彼女は、彼女の小説を読む全ての人間に、あるものを手渡してきた。それは「なぜ？」だ。形も匂いも手触りも違う様々な「なぜ？」を、彼女は一貫して私たちに差し出してきた。

ピコーラはなぜ、このようなおぞましい目に遭わなければならなかったのか。ピコーラはなぜ、青い眼を欲しなければならなかったのか。人々はなぜ、ピコーラを虐待しなければならなかったのか。世界はなぜ、いつもそのようであるのか。

この小説を、何度読んだか分からない。モリスンに手渡されたほとんど血だらけの「なぜ」は、未だ私の手の中にある。

（にし・かなこ　作家）

一九七〇年発表／大社淑子訳、ハヤカワepi文庫

トニ・モリスン（一九三一～二〇一九）アメリカ・オハイオ州の黒人労働者の家庭に生まれた。英文学の修士号を取得し、編集者を経て作家に。一九七七年『ソロモンの歌』で全米書評家協会賞、八八年『ビラヴド』でピュリッツァー賞、九三年ノーベル文学賞受賞。

神が顕れる瞬間

オルハン・パムク『わたしの名は赤』

宮下　遼

『わたしの名は赤』はトルコのノーベル文学賞作家オルハン・パムクの代表作だ。かいつまんで筋を追えば、宮廷絵師殺害の真相を突き止めるべく、主人公が絵師たちに聞き込みをし、細密画を手掛かりに犯人を捜して一六世紀末のイスタンブールを奔走するという探偵小説仕立て。秘密の装飾写本探しに収斂する探索は、イスラーム絵画と西欧絵画の差異から説き起こして、創造性の全てを神に帰して服す前者と、人の創造可能性に個性という名を与えて称賛する後者の決定的な相違をも炙《あぶ》り出していく。

四年をかけて完成した本作ははじめ『一目惚れ』というタイトルで書きはじめられた。秘密の装飾写本が、ヴェネツィアで西欧の肖像画の技法に魅入られたある絵師の一目惚れに端を発するからだ。翻って現在の題名は、絵に描かれた木や金貨が噺家《はなしか》の口を借りて語りかけてくる趣向の章の一つにちなむ。赤という色彩そのものが、我はこの世に遍在する、我に帰依せよと迫ってくるこの章は、語り手が噺家なのか、絵師の一人なのか、あるいは他の何者なのかが判然としない。つまり、新旧の題名はパムクが作品に人ならざる存在の介入を認めるべきか否か逡巡したあとを窺わせるわけだ。たしかに本作を読んでいると、ふと神の存在に触れたかのような瞬間が訪れる。いまなお本作が愛され、議論されるのは、そのせいかもしれない。

ところで、主人公の一人シェキュレは、パムクの同名の実母がモデル。二〇年ほど前、息子がメディアに向けて「私は無神論者の家庭で育った無神論者」と発言した際、「自分のことだけ話しなさい、うちは無神論者一家じゃありません！」と激しく反駁《はんばく》した。神は作品の中に留まらず、外でもパムクを悩ませたようだ。

（みやした・りょう　トルコ文学者）

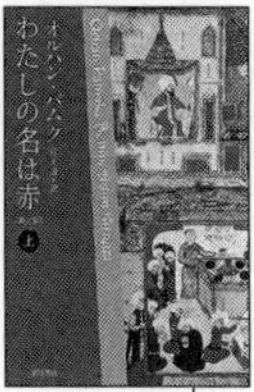

一九九八年発表／宮下遼訳、ハヤカワepi文庫（上下）

オルハン・パムク（一九五二〜　）トルコ・イスタンブール生まれ。当初は画家を志し大学では建築学を学んだが、のちにジャーナリズムに転向。『わたしの名は赤』で国際IMPACダブリン文学賞など多数受賞。二〇〇六年ノーベル文学賞受賞。

強烈「三歳児」の見た大人

ギュンター・グラス
『ブリキの太鼓』

金　志成

一九五九年、文学的にやや出遅れていた戦後の西ドイツに、世界的なベストセラーが誕生した。のちのノーベル賞作家ギュンター・グラスのデビュー長篇『ブリキの太鼓』である。

主人公のオスカルは、自らの意志で成長を止めた「永遠の三歳児」。赤と白に塗られたブリキの太鼓を肌身離さず持ち歩き、叫び声でガラスを破壊するという超能力を持つ。なんだか漫画のようなキャラクター設定だが、舞台はナチスの影が忍び寄る戦間期のダンツィヒ。戦争と迫害に加担してゆく小市民たちの心性が、「下から」の目線で容赦なく暴かれる。そう、三歳児は身体が小さい。ナチスの集会では演壇の下に潜り込み、太鼓をやかましく叩いて行進のリズムを攪乱《かくらん》する。

とはいえオスカルは、ファシズムと戦うレジスタンスの英雄というわけでもなく、純粋な心を持つゆえに真実を見抜く子供なんて柄でもない。自分の親をも間接的に殺害する彼は、挙句の果てにストーカー殺人の容疑で逮捕され、最後には「精神病院の住人」となっている。さながら悪漢小説の筋書きだ。過激で濃厚な性描写も当時スキャンダルを巻き起こした。

現実の歴史を背景にした一種の大河小説でありながら、超現実的で奇想天外なエピソードに満ちている。三巻本の超長篇でありながら、細部のひとつひとつが五感に訴えるほどの生々しさで描き込まれている。猥雑で、グロテスクで、絶えず神経を逆撫でにしながら、今なお抜群に面白い小説だ。

オスカルの強烈でアイコニックなキャラクターは、映像化するのにもうってつけだった。トラウマ必至のシーンもきっちり再現した一九七九年の映画版は、カンヌ映画祭で最高賞のパルム・ドールを受賞した。

（きむ・ちそん　ドイツ文学者）

一九五九年発表／高本研一訳、集英社文庫（全三巻）

ギュンター・グラス（一九二七～二〇一五）自由都市ダンツィヒ（現ポーランド・グダニスク）生まれ。第二次大戦に従軍し戦争捕虜となる。一九四六年釈放。窮乏生活を続けながら創作活動に入り、『ブリキの太鼓』で名声を得る。九九年ノーベル文学賞受賞。

二〇世紀インドの奇抜で真摯な物語

サルマン・ラシュディ『真夜中の子供たち』

小沢自然

二〇二二年夏、サルマン・ラシュディが講演直前に襲撃されて瀕死の重傷を負った事件は本当に衝撃的だった。彼の四作目の長篇小説『悪魔の詩』（一九八八年）が、イスラームに対する冒瀆であると批判されて世界各地で深刻な社会問題を引き起こし、作者自身も命を狙われて長年の潜伏生活を余儀なくされていたことが、否応なく思い出される。しかし現時点での彼の真の代表作は、二作目の『真夜中の子供たち』かもしれない。というのもこの作品は、抜群に魅力的なストーリーと、それを鮮やかに伝える独創的な英語の使い方によって、現代英語文学の可能性をぐっと大きく広げたのだから。

イギリスから独立したインドが抱いた新しい希望と、その希望の挫折が、物語の中心的なテーマだ。しかしラシュディはこの歴史を描くにあたり、インドが誕生した四七年八月一五日の真夜中から一時間以内に生を享《う》けた一〇〇一人の子供たちが、それぞれに超能力を持っているという、実に型破りな設定を採用した。まさに独立の瞬間に誕生し、ほかの「真夜中の子供たち」とテレパシーで交信できる主人公サリームは、自分こそが新生インドを象徴し、体現しているのだと信じこむ。かくしてサリームの個人史を通じて、波乱万丈のインドの現代史が、インド英語を交えつつ饒舌に語られていく。

物語のクライマックスでは、七五年に宣言された非常事態下での政治が、建国の理想を無惨に裏切ってしまったことが、サリームとその仲間たちを襲った悲劇を通じて語られる。しかしラシュディは、歴史の犠牲者かつ共犯者として主人公を描くことで、文化的背景も価値観も異なる人々が真の意味で共存できるインド社会を作るのは、国民一人ひとりの責任にほかならないと教えてくれてもいる。

この物語を書いたとき、ラシュディはすでにイギリスに移住していた。彼の鋭い政治・社会批判を根底で支えている、「故郷」インドへの深い愛は、発表から四〇年以上が経った今日でも、読者の心を深く打つ。

（おざわ・しぜん　英語圏文学者）

一九八一年発表／寺門泰彦訳、岩波文庫（上下）

サルマン・ラシュディ（一九四七〜　）インド・ボンベイ生まれ。現在はアメリカに居住。『真夜中の子供たち』は、歴代のブッカー賞受賞作のなかでも最高傑作との呼び声が高い。

収容所での「幸福」描く

ソルジェニーツィン
『イワン・デニーソヴィチの一日』

乗松亨平

一九六二年、ソ連である新人作家の中篇小説が発表され、瞬く間に世界中で評判となった。四半世紀にわたり独裁体制を敷いたスターリンの死から約一〇年、その最大の暗部であり、数百万人が犠牲となった強制収容所の実態が、一人の囚人の一日をとおし、詳細に描き出されていたのだ。

作者ソルジェニーツィンは、その後も自身の収容所体験にもとづく作品を著すが、ソ連での発表は制限され、七〇年にノーベル文学賞を受賞して間もなく亡命を強いられた。そのため彼は、ソ連権力と闘った、二〇世紀を代表する社会派作家として知られている。

しかしこのデビュー作を読むと、受ける印象は大きく異なるはずだ。小説には、収容所暮らしも八年になる主人公イワンは、自分の境遇に何の不平も漏らさない。朝方の体調不良が快復し、いつもより少し多めの食料にありつけた彼の、「幸福な」一日が描かれている。

その「幸福」の描写はじつに生き生きとしている。パンの皮で粥《かゆ》を一片残さず皿からこそぎとり、舌の隅々で味わい尽くすイワン。極寒のなか、ブロック積みの強制労働に熱中し、一丸となってリズミカルに作業をこなすうち、点呼に遅れかける班の仲間たち。読者もその悲惨さを忘れ、イワンの「幸福」に引き込まれそうになる。最近の言葉でいえば、本当の「丁寧な暮らし」とは何か、この小説は教えてくれる。

ナチスのホロコーストを描いた代表的文学に、イタリアの作家レーヴィの『これが人間か』がある。それに対してソルジェニーツィンは、「これこそが人間だ」と言うかのようだ。恐ろしい悲惨のなかでも、人間として「幸福」に生きることはできる。絶望の淵からのそんな力強い励ましが、この小説には込められている。

（のりまつ・きょうへい　ロシア文学者）

一九六二年発表／木村浩訳、新潮文庫

ソルジェニーツィン（一九一八～二〇〇八）ソ連・南ロシアのキスロヴォック生まれ。第二次大戦で従軍、スターリンを批判して収容所生活を送る。一九七〇年ノーベル文学賞受賞。七三年『収容所群島』がソ連当局に非難され翌年国外追放。ソ連崩壊後の九四年に帰国。

戦争の現実、戦友との絆

エーリヒ・レマルク
『西部戦線異状なし』

坂上 泉

コロナ禍が日本にも迫りつつあった二〇二〇年三月、ドキュメンタリー映画『彼らは生きていた』を観た。第一次世界大戦の記録映像に着色と音声を組み合わせ、現代の映像のように蘇らせた作品だ。砲撃の衝撃で崩れ落ちる屋根瓦、酒の配給に喜ぶ兵士たち、そして彼らの大量の亡骸《なきがら》……教科書の上の事実が、圧倒的なリアリティを以て五感を揺さぶった。戦争文学は、遂《つい》にここまで来たのか。

この潮流の原点に位置する、レマルクの『西部戦線異状なし』を読んで、再び打ちのめされた。映画で描かれた前線の現実を、レマルクは自身の従軍経験をもとに、映像を凌駕するほど克明にあぶり出していた。

本作は、教師の扇動で戦場に送り出され、戦場の圧倒的な現実に晒された、一人の若い兵士の目線で淡々と戦場の現実を描く。

傲慢な教官へ復讐する兵士のふてぶてしさ、家畜を略奪して御馳走にありつく悪知恵、久々の故郷との意識の差への戸惑い、そして生と死の曖昧な境界。

ばか話と砲声、食の香りと死臭の同居を、圧倒的な情報量でしかし突き放したように描く筆致に、逆にとてつもない怒りすら感じる。

従軍世代にとっては青春の終わりの記録だ。社会と切り離された殺戮機械と化し、戦場の生き方しか知らない悲しさを抱き、一方で生死を共にした戦友との得がたい絆を手にした。それは現代の我々が部活動で抱く一体感と似ている。戦友という特殊な関係性を、普遍的な紐帯《ちゅうたい》として見事に描ききったことで、本作は戦争文学の金字塔となった。

第一次大戦の再検証が今も行われる中、欧州の地では再び主権国家同士の戦禍が燃え盛りつつある。一〇〇年経ってなお、我々人類はあの巨大な戦争のもたらした情報と感情を処理しきれず、同じ轍を踏みつつある。それが消化し尽されるまで、本作は色あせることはないだろう。


（さかがみ・いずみ　作家）

一九二九年発表／秦豊吉訳、新潮文庫

エーリヒ・レマルク（一八九八～一九七〇）ドイツ生まれ。第一次大戦に志願兵として出征し負傷。復員後、『西部戦線異状なし』が世界的ベストセラーに。ナチスに迫害され、アメリカに亡命し国籍を取得。

神話覆す新たな古典
ミシェル・ウエルベック『素粒子』

上田岳弘

ミケランジェロの代表作の一つに『天地創造』と呼ばれる天井画がある。描かれる場面の一つには「アダムの創造」がある。横たわるアダムに、神が息吹を吹き込もうと手を差し伸ばし、その人差し指がアダムの手に触れようとする瞬間の絵だ。神とそれを囲う天使たちの外側は赤い布に覆われ、その形状を「脳の形だ」という指摘が二〇世紀になされた。確かに脳の断面図そのものに見えてくる。神は人間の脳という肉体の一部が捏造した創造物に過ぎないと示唆しようとしていると取る向きもある。

本作、『素粒子』では二人の異父兄弟の半生が語られる。兄のブリュノは、美しくないために味わった肉体的な挫折の克服に躍起になり、弟ミシェルはボタンの掛け違いによって両思いだったはずの初恋に挫折する。優秀な頭脳を持つ彼らはともに、人間に組み込まれた欲望を上から眺めるだけの視座を持ちながら、態度は対照的だ。文科系のブリュノは肉の欲求に溺れるが、テクノロジーそのものを進歩させることができる科学者であったミシェルは、やるせない存在である人間そのものを改変することを望んだ。作中でミシェルはその視座に相応《ふさわ》しい肉体へと人類全体を進化させる。その文脈で読めば本作は次のステージへと進んだ人類にとっての神話といえる。

　気になるのは著者のウエルベックがこの本に世界を形作る最も細かな単位である『素粒子』というタイトルを与えたことだ。結局のところ世界は素粒子の集合体でしかなく、そこに意図は潜まずただ物質＝肉体だけがある。そのことを煽情《せんじょう》的に露悪的にたたきつけ、自らを意味づける行為としての神話を転倒させんとする本作は、二〇世紀末の古典として読み継がれていくに違いない。

（うえだ・たかひろ　作家）

一九九八年発表／野崎歓訳、ちくま文庫

ミシェル・ウエルベック（一九五六～　）フランスの海外県レユニオン島生まれ。両親は幼い頃に離婚し、共産主義者の祖母に育てられる。二〇歳頃から詩作を始め、長篇第一作の『素粒子』が世界的ベストセラーに。二〇一〇年『地図と領土』でゴンクール賞受賞。

従軍女性の静かなる叫び

スヴェトラーナ・アレクシエーヴィチ『戦争は女の顔をしていない』

城戸久枝

第二次世界大戦中、ソ連では一五歳から三〇歳までの女性、一〇〇万人以上が従軍した。戦場で兵器を持ち、国のために戦った女性たち。旧ソ連・ベラルーシの女性作家、アレクシエーヴィチは、五〇〇人以上の女性たちを訪ね歩いた。

「女たちの」戦争にはそれなりの色、臭いがあり、光があり、気持ちが入っていた。そこには英雄もなく信じがたいような手柄もない――女性たちの戦争の記憶は生々しく残酷で鮮明だ。そして、彼女らの記憶はしばしば、かつて私が聞いた戦争の記憶と重なる。機銃掃射してくる飛行機の操縦士のにやけた顔、死んだ母親のそばでその死を知らぬまま座り込む子ども……。一九四五年八月九日、ソ連侵攻後の満洲を生きた日本の女性たちの証言だ。

日本の女性は顔の見えない恐ろしい存在としてソ連兵を語った。一方ソ連の女性たちが語るのは、無数の死に囲まれ、命を懸ける生身の人間の姿。勝者も敗者もない。戦争は、ただの殺し合いでしかないのだ。

　誇りであるはずの戦場体験を、戦後ソ連の女性たちはひた隠しにした。彼女たちを待ち受けていたのは、世間の冷たい仕打ちだ。亡き祖国・ソ連のために全てをささげる覚悟で戦った事実はただ、女性たちに十字架のようにのしかかる。そんな消えかかった小さな声たちを著者は逃さない。

　一人一人の小さな物語が大きなうねりとなる。歴史とはそういうものだ。一方で別の大きな力がそのうねりをねじ伏せようとする。だが著者は挑み続ける。二〇一五年、彼女はノーベル賞を受賞した。戦後七八年。著者が紡いだ、女性たちの静かなる叫びは、これからも私たちの心に深く刻み込まれていくだろう。

（きど・ひさえ　ノンフィクションライター）

一九八四年発表／三浦みどり訳、岩波現代文庫

スヴェトラーナ・アレクシエーヴィチ（一九四八〜　）ウクライナ・ソビエト社会主義共和国に生まれる。ジャーナリストとして活動。戦争や原発事故などについて、綿密な聞き書きで一般市民の感情や記憶をすくい上げる。二〇一五年ノーベル文学賞受賞。

難民とは。普遍的な問い

ガッサーン・カナファーニー『ハイファに戻って／太陽の男たち』

土方正志

カナファーニーは、一九三六年、英統治下パレスチナに生まれて、中東紛争により難民となる。やがてPFLP（パレスチナ解放人民戦線）に参加、ジャーナリストとして作家として活躍したが、七二年、敵対勢力に爆殺された。本書は、そんな著者のいわば「難民文学」短篇集である。

バックグラウンドを思えば、政治的なメッセージを読み取りたくもなる。もちろんその側面もありはするのだが、私にはその作品世界は、とてつもなく残酷にして、けれども底なしにやさしく哀《かな》しい。

難民になるとはどのような体験なのか。国を、故郷を、家を、職を、家族・親族・友人・知人を失って、国境を越えてデラシネとしてさまよいながら、果ては自らの命までもなくする。カナファーニー描く難民たちは、炎熱の砂漠を給水トラックのタンクに隠れて国境を越える命がけの旅に出る。イスラエルに占領された故郷に帰還した難民は、かつて暮らしていた家で予想もしていなかった人物との再会を果たす。そして、生者の前に現れて「難民であること」の意味を説く死者がいる。

ここにあるのはただ「パレスチナ問題」ではない。根を張って生きてきた地を奪われて、人はどうなるのか、どのように生きられるのか、その普遍的な問いが全篇にあふれる。東京電力福島第一原子力発電所事故による帰還困難区域に連想が跳ねる。

いま、私たちは難民への想像力を持たなくてはならない。その原因が、戦争であれ、貧困であれ、天災であれ、あるいは伝染病の流行であれ、誰もが難民となる可能性のある世界を私たちはすでに生きているのだから。

（ひじかた・まさし　編集者・荒蝦夷代表）

一九六九、六三年発表／黒田寿郎・奴田原睦明訳、河出文庫

ガッサーン・カナファーニー（一九三六～七二）パレスチナに生まれる。一二歳のときデイルヤーシン村虐殺事件が起こり難民となる。パレスチナ解放運動で重要な役割を果たすかたわら、小説、戯曲を執筆。一九七二年に暗殺された。

普遍的な「内なる弱さ」

魯迅
『故郷／阿Q正伝』

鈴木将久

阿Qはおそらく中国近代文学において最も有名な登場人物であろう。

自分の家も決まった仕事もない阿Qは、村人に笑いものにされるが、「精神的勝利法」によって、自分では勝利したつもりになっている。おりからの「革命」に参加した気になっていたが、実際には相手にされていない。あげくの果て、革命派による掠奪事件の犯人に仕立て上げられ、市中引き回しの上、処刑される。

阿Qはどれほど悲惨な目に遭おうと、現実に向き合おうとせず、ごまかして生きる人物とされている。

魯迅が『阿Q正伝』を書いたのは一九二一年。ここでいう「革命」は辛亥革命のことである。魯迅は、辛亥革命が起きても中国社会が何も変わらないことを憂え、社会を根底から変えるには、政治体制の変革より、停滞した社会を無気力に受けとめる民衆を変えることこそが重要だと考えた。

しかし阿Qを辛亥革命という特定の時代に結びつける必要はないかもしれない。魯迅はむしろ、時代を超えた中国の国民性を問題にした。さらに言えば、阿Qの「精神的勝利法」は、「わが内なる阿Q」という言い方が日本でなされたように、世界中のどこにでも見られる普遍的な弱さを指し示している。

興味深いのは、魯迅は阿Qの欠点を深刻にあげつらうのではなく、彼の行状をユーモアたっぷりに描き出したことである。むしろ阿Qに対する温かい眼差しすら感じられる。かくして読者は、阿Qの愚かさを笑うと同時に、どこか憎めない人物の存在感を感じることになる。そうしているうちに、自分のうちにも阿Q的な精神があることに気づく。かくして『阿Q正伝』は、中国近代文学の代表的作品として、今でも世界の各地で読まれ続けている。

（すずき・まさひさ　中国文学者）

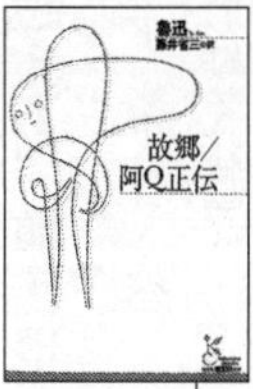

一九二一、二二年発表／藤井省三訳、光文社古典新訳文庫

魯迅（一八八一～一九三六）中国・浙江省生まれ。日本で医学を学んだが、文学による民族性の改造を志し、創作・社会批評・海外文学紹介などに努め、中国近代文学の祖となった。

時代超える、植民地化の物語

チヌア・アチェベ『崩れゆく絆』

中井亜佐子

舞台は一九世紀後半のナイジェリア、イボの人びとの暮らす村落だ。主人公オコンクウォはウムオフィア村では最強のレスラーにして勇敢な兵士。勤勉に働いて財をなし、村びとから尊敬されてきた。そんな村に「白い男たち」がやってくる。最初はキリスト教の宣教師として、次には統治者として。村の伝統や秩序、人びとの絆が切り崩されていくなかで、オコンクウォは悲劇的な最期を迎える。

作者チヌア・アチェベは一九三〇年、イギリスの植民地だったナイジェリアに生まれた。彼がこの小説を執筆した動機の一つは、ヨーロッパ人によってつくられたアフリカの否定的なイメージを修正し、そこに暮らす人びとの日常と精神生活を豊かに描きだすことだったという。

オコンクウォはけっして無謬《むびゅう》の人ではない。妻たち、子どもたちにはすぐに拳をふるう。臆病者だと思われたくなくて、息子のようにかわいがっていた少年をみずから殺《あや》めてしまう。暴力的な父に反発して、息子の一人はキリスト教に改宗する。ウムオフィア村の慣習だって、よいことばかりではない。双子が生まれると森に棄《す》てられてしまうし、被差別民もいる。皮肉にも、こうした人たちにとっては、キリスト教はむしろ救いとなった。

アチェベは西洋によるアフリカの植民地化を対立と闘争、暴力の歴史としてとらえるだけではなく、歴史の矛盾やアイロニー、人びとの心の葛藤を細やかに書きこんだ。オコンクウォの悲劇が時代や文化を超えて、あらゆる人間に起こりえる物語として読むことができるのは、そのためだ。粟飯原《あいはら》文子によるみごとな新訳のおかげで、日本の読者もこの物語を共有できるようになったのは、すばらしいことだと思う。

（なかい・あさこ　英文学者）

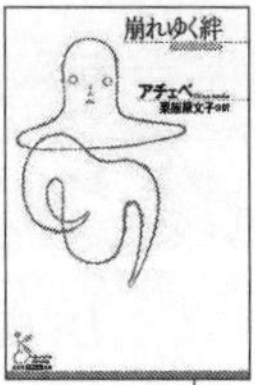

一九五八年発表／粟飯原文子訳、光文社古典新訳文庫

チヌア・アチェベ（一九三〇〜二〇一三）ナイジェリア・オギディ生まれ。大学卒業後、放送局に勤務。ナイジェリア内戦中はビアフラ大使を務め、のちアメリカなどの大学で教鞭をとった。執筆は英語。『崩れゆく絆』は五〇以上の言語に訳されている。

新訳次々汲みつくせない

サン＝テグジュペリ『星の王子さま』

沼野充義

『星の王子さま』は世界中で広く読まれている名作だが、特に日本で人気が高いのは、その卓抜な邦題のおかげかもしれない。フランス語の原題は「ル・プチ・プランス」、直訳すれば「小さな王子」となる。しかし内藤濯《あろう》はこれを「星の王子さま」と題して出版した（一九五三年）。内藤訳は今の目で見るとやや古めかしい言い回しが多いが、それもまた一種の魅力となり、世代を超えて読み継がれてきた。

二〇〇五年に原書の翻訳権が消滅すると、雨後の筍《たけのこ》のように新しい訳が次々と出て、いまでは二〇点を優に超える。倉橋由美子、池澤夏樹、管啓次郎といった著名な作家・詩人による新訳もある。フランス語の原文はシンプルだが、簡単には汲《く》みつくせない魅力を秘めていて、翻訳は簡単ではない。邦訳はどれもこれも誤訳だらけだとする厳しい批判も出たほどだ。しかし、それぞれの訳者が腕によりをかけて作品の秘密に迫ろうとしてきた。

砂漠に不時着した飛行士の前に、突然、不思議な少年が現れる。彼は星から来た「王子さま」なのだという……。単純なおとぎ話かファンタジーのようだが、捕まえようとするとするりとすり抜けるようなところがある。児童文学とは言い難い苦い文明批判が繰り広げられ、愛と孤独について哲学的省察に満ち、神話的要素も強く、作者自身の経験に基づいた女性論も展開される。忘れてはならないのは、この作品が戦時中、亡命先のニューヨークで書かれ出版された（一九四三年）ことだ。その意味ではこれは「亡命文学」でもあり、「戦争文学」でもある。著者は出版後航空部隊に復帰したが、ある日偵察機で飛びたつと、地中海上空で消息を絶った。「王子さま」のように星の世界に帰っていったのだろうか。

（ぬまの・みつよし　スラブ文学者）

一九四三年発表／内藤濯訳、岩波少年文庫ほか

サン＝テグジュペリ（一九〇〇～四四）フランス・リヨン生まれ。兵役で飛行士の資格を得たのち、民間航空界で長距離航空路開設に重要な役割を果たす。作品には飛行士としての体験が反映されている。第二次大戦の偵察任務中に消息を絶った。

コラム①【文庫化してほしい韓国の小説】

朝鮮戦争、避難民のリアル

黄皙暎『客地ほか五篇』

斎藤真理子

古書を求めるか図書館で探すしかない本だが、文庫になってほしい理由は一つ。「朝鮮戦争を知るには、これを読むといいですよ」といえるからだ。具体的には、本書所収の「韓氏年代記」という、一九七二年に書かれた短篇のことだ。主人公の韓永徳《ハンヨンドク》は平壌で働く医師で、融通がきかないほど誠実な人だ。朝鮮戦争が始まると、その誠実さがかえって命を脅かす。

北では上官の指示に従わず不満分子と見なされ、処刑を言い渡される。奇跡的に命拾いして南に避難するが、家族と生き別れになった上、スパイに仕立て上げられてしまう。生きていくため偽医者に雇われ、口裏を合わせなかったために密告されるのだ。つまり韓は戦争だけでなく、硬直したイデオロギー対立でさらに追い詰められ、破滅していく。それが朝鮮戦争と南北分断のリアリティだ。

「どっち側であれ、戦争に加担することで身分を保証してもらうというようなことはできないんだ」と韓はくり返すが、そんな人は北でも南でも生きていけない。

やりきれない、悲しい物語だ。だが韓は、最後までその不器用な誠実さを手放さない。手放すことができないのだ。それがこの小説のぎりぎりの、なけなしの希望なのかもしれない。

黄皙暎《ファンソギョン》は一九四三年生まれ。韓国を代表する最重鎮作家であり、自身も子供のときに北から避難してきた。自薦の中・短篇集である本書は韓国民主化の前年、八六年に翻訳出版された。民主化後は訪北、亡命、帰国・投獄と、韓国現代史を体現する歩みの中で力作を書き続けてきた。

戦争一般というものはない。それぞれの戦争の顔を記憶することが重要なのだと思う。「韓氏年代記」は、朝鮮戦争の顔を見事に描き出している。

（さいとう・まりこ　翻訳家）

一九七四年刊行／高崎宗司訳、岩波書店（品切）

黄皙暎（一九四三〜　）満洲生まれ。一九六二年に文壇デビュー、七一年に「客地」で高い評価を得る。八九年に訪北。独、米に亡命後、九三年帰国。五年間の獄中生活を送り、九八年春に釈放。

生命のきらめき

強制収容所からの脱走――抵抗のスピリット

アンナ・ゼーガース『第七の十字架』

松永美穂

舞台は一九三七年のドイツ。ある強制収容所から七人の囚人が脱走する。収容所長は自分のメンツにかけ、全員を捕捉して連れ戻そうとする。周辺の道路は封鎖され、警察官や親衛隊員が村々を捜し回る。囚人たちは逃げおおせるのか？

手に汗握るサバイバルのドラマが、次々に視点人物を変えながら展開していく。羊飼い、工場労働者、学校の生徒、そして囚人たち……。ゲオルクという、脱走した思想犯の姿がクローズアップされる。筋金入りの抵抗者ではあるが、多くの弱さも併せ持つ彼の来歴と、命がけの逃避行という極限状態での決断が描かれる。

この骨太な小説を執筆当時、ゼーガースは夫とともにパリに亡命中で、二人の子どもを抱える母親でもあった。ゲオルクの逃避行は、彼女自身の人生とも重なる。ユダヤ人であり共産党員でもあったゼーガースは、ドイツにいれば強制収容所に送られた可能性が高い。夫妻はナチ政権誕生後まもなく国外に出たが、亡命生活は長期におよび、物理的にも精神的にも困難の連続だった。フランスがドイツに占領されると、一家はさらに遠方を目指し、メキシコで終戦を迎える。ゼーガースは亡命中に大きな事故にも遭ったが、精力的に作品を書き続けた。

『第七の十字架』はナチ時代を生きるドイツ庶民の姿を描き、抵抗のスピリットを高らかにうたいあげている。用心深く写しをとっておいたおかげでこの小説が日の目を見た、というエピソードは興味深い。まず戦時中にアメリカで英語版が出版されてベストセラーとなり、映画化もされた。発表から八〇年を経たいまも、ゼーガースの人間観察力や作品の臨場感に、あらためて衝撃を受ける。強烈な「現在」が、そこには生き続けている。

（まつなが・みほ　ドイツ文学者）

一九四二年発表／山下肇・新村浩訳、岩波文庫（上下）

アンナ・ゼーガース（一九〇〇〜八三）ドイツ・マインツの古美術商の家に生まれる。亡命ハンガリー人の社会学者と結婚し、ドイツ共産党に入党。ナチスに逮捕されたが、フランス、メキシコと亡命し反ファシズムの作品を発表。一九四七年東ドイツに帰国。

淡々とした日常に浮かぶ陰影

レイモンド・カーヴァー『大聖堂』

阿部公彦

静寂の中では、わずかな音にも音楽が感じられる。

カーヴァーの小説世界には息をのむような激しい展開はない。ごくふつうの人々の日常が淡々とした筆致で語られる。しかし、小さな突起がある。空気が揺れる。そこをとらえるカーヴァーの感性は天才的だ。感情というより気分の波動。波は波を生み、陰影が浮かび、心のとてもやわらかい部分が露《あら》わになる。

表題作の「大聖堂」は、ある夫妻が目の不自由な男性を家に招く話だ。この男性は妻とかつて親しかった友人で、主人公の夫はおもしろくない。障がい者との接し方もわからず、態度はぎこちない。

しかし、そんな彼の頑《かたく》なさがじわりと変わっていく。この「じわり」の絶妙さは比類がない。クライマックスはテレビに映し出された大聖堂。大聖堂を見たことがない男性は主人公に絵を描いてくれと頼み、手をそこに載せる。思わず陶然とする場面だ。小説にはこんなことができる。

カーヴァーの登場人物たちは重い荷を背負っている。離婚、仕事、家族など、五〇歳で亡くなった作家の伝記的事実との重なりもあり、とりわけ「注意深く」や「ぼくが電話をかけている場所」といった作品に描かれるアルコール依存症は深刻だ。

しかし、作家は感情に溺れない。長らく会っていない息子との再会の無残な失敗も（「コンパートメント」）、若い夫妻を襲う幼い子の死も（「ささやかだけれど、役にたつこと」）、微妙な「ずらし」が効く。アイロニーですらない抑えに抑えた文章だからこそ、荒涼とした現実の向こうに温かく懐かしい何かが浮かぶ。カーヴァーは人物たちとともにそれを追いかけているのだ。

（あべ・まさひこ　英文学者）

一九八三年発表／村上春樹訳、中央公論新社

レイモンド・カーヴァー（一九三八～八八）アメリカ・オレゴン州生まれ。製材所、病院の守衛、教科書編集など職を転々としながら執筆。短篇の名手。簡潔な文体で、ブルーカラーの人々の生活を覆う無力感や不安を描いた。

「泣くのは厳禁！」子の誇り

エーリヒ・ケストナー

『飛ぶ教室』

東　直子

〈泣くのは厳禁！〉。『飛ぶ教室』といえば、このフレーズをまず思い出す。ドイツの寄宿学校生のマルティンが、クリスマスなのに家に帰れない悲しみを封じるために何度も何度も自分に言い聞かせるのである。帰省のための交通費を工面できなかったのだ。強がってしまう子どもと、それを見守る大人たちの思いがこの一言から溶け出し、胸が熱くなる。

『飛ぶ教室』という不思議なタイトルは、寄宿学校の少年たちがクリスマスに演じる劇のタイトルでもある。「未来の学校」の生徒たちが飛行機で世界中の様々な場所に行き、現地体験をする「予言劇」。物語が発表された一九三三年の時代背景を鑑みると、学生が集団で飛行機で飛ぶことは、絵空事だったのだろう。

火山やピラミッドや北極、さらには天国まで飛ぶ、奇想天外なこの劇は、生徒の一人、ジョニーが考えたもの。ジョニーには、両親に捨てられた過去がある。孤独が彼の創造する力を育んだことが暗に伝わるのだが、その境遇を作者が書いた理由が綴られている。〈子どもの本の嘘八百先生が、子どもというものはのべつたのしく、うれしくてうれしくて何をしていいのかもわからない、などと言い張るからだ。おいおい。ちょっとは、わかろうとしろよ！〉

子どもへの一括《くく》りの概念に対するいらだちを隠さず、ネガティブさも含む子どもたちの心の複雑さや多様性を描くことを宣言している一文でもある。

他校の生徒と雪の中で繰り広げる大喧嘩。いじめを受けた小柄なウーリが、傘を持って高所から飛び降り、怪我をしたこと。そして〈泣くのは厳禁！〉。クリスマス直前の特別な興奮の中で、ふざけたり、怒ったり、悲しんだり、叫んだりした末に灯《とも》った一人一人の誇りが輝く。

（ひがし・なおこ　歌人）

一九三三年発表／池内紀訳、新潮文庫ほか

エーリヒ・ケストナー（一八九九〜一九七四）ドイツ・ドレスデン生まれ。第一次大戦に従軍後、詩や評論で活躍。ナチス政権下では著作の焚書処分を受ける。一九六〇年国際アンデルセン賞受賞。

一女性の苦悩から連帯の兆しへ
マーガレット・アトウッド
『侍女の物語』

小川公代

『侍女の物語』は、ジョージ・オーウェルの小説の舞台となる一九八四年にカナダの作家マーガレット・アトウッドによって構想され、翌年発表されたディストピア小説。彼女が描くギレアデ共和国（かつてのアメリカ）は、環境汚染の影響で出生率が低迷するなか、女性は仕事や財産、家族や名前まで奪われ、妊娠可能な者は「司令官」と呼ばれる富裕層の家庭で子どもを産む道具、つまり「侍女」になることを強いられる全体主義的な社会である。

八〇年代当時、まさに生殖に関する女性の選択権をめぐって論争が繰り広げられており、ルーマニアでは中絶の非合法化が報道され、アトウッド自身も危機感を抱いていた。アメリカでは七三年に連邦最高裁判所の「ロー対ウェイド判決」によって女性は人工妊娠中絶をする権利が認められるようになったが、本書の続篇『誓願』が執筆、刊行された二〇一九年には全米九つの州で中絶を禁止、あるいは制限する法律が施行され、管理社会への危機意識が高まっていた。その後、二〇二二年六月二四日には「ロー対ウェイド判決」が覆り、多くの州で妊娠中絶が禁止された。アトウッドの創作の原点には、アメリカが「神政国家」になりうるというリアリティがあったが、妊娠中絶や同性婚に否定的なキリスト教福音派の教義とも結びついて、現実のものとなりつつある。

小説では、「かつて女子修道院がそうだったように」、国家が刻む時間が鐘の音に象徴される。語り手で侍女のオブフレッドは、愛や快楽が剝奪され、家族の記憶さえ薄らいでいく。これほど冷徹な国家体制を支える司令官がいかに凡庸かを突きつけられるとき、読者は驚嘆するしかない。かつては図書館に勤め、言葉に思い入れのある語り手が壁に刻まれた「奴らに虐げられるな」という文字を発見するとき、一人の女性の苦悩が女性たちの連帯へと開かれる兆しが表れる。今こそ読むべき一冊である。

（おがわ・きみよ　英語圏文学者）

一九八五年発表／斎藤英治訳、ハヤカワepi文庫

マーガレット・アトウッド（一九三九〜　）カナダ生まれ。一九六六年に詩人としてデビュー、六九年に初の長篇小説を発表。『誓願』は、二〇〇〇年『昏き目の暗殺者』に続き二度目のブッカー賞受賞。

疫病による二重の「流刑」からの解放

アルベール・カミュ『ペスト』

田口卓臣

パンデミック当初にベストセラーとなった本書だが、いまだ感染症の影響が残り続けている今日、その存在感は十分に強いままだ。

本書の物語は、文明社会の脆さを痛感させる。次々と異変が起きているにも拘《かか》わらず、その現実を直視せず、かえって事態の深刻化を招いてしまう行政。その間に累積する死者数、そして逼迫《ひっぱく》していく医療施設。やっと都市封鎖が決定され、市民生活が統制されるものの、いつまで経っても必要な物資は行き渡らない。会社や商店の倒産が相次ぎ、巷《ちまた》には失業者が溢れ返る。感染の病像も刻々と変化するので、そのたびに都市全体が振り回される。この状況と無縁でいられる登場人物は一人もいない。誰もが多かれ少なかれ「自宅への流刑」に甘んじざるをえなくなる。

本書の登場人物にダメージをもたらすのは、病疫ばかりではない。感染の現状を客観的に解説する言葉が、いつしか個々人の具体的な苦痛の経験から乖離した形で乱発されはじめるからだ。死者数と感染者数を発表する官公庁の言葉。各種報道の言葉。専門家の言葉。「清潔」や「警戒」を説諭する言葉。神の名において「懲罰」を宣告する言葉。これらの様々な言葉を通じて、人々はさらにダメージを受け、思考や感覚が麻痺していく。こうして、読者は思い当たることになる。人間はそもそも言葉への流刑に処されているのではないか、と。

だが、こうした二重の流刑状態から解き放たれる人間の姿も、本書は丹念に描いている。立入禁止の海で二人の主人公が泳ぐ場面も、その一つだ。互いの息遣いを感じながら、無言で夜空を見上げるこの場面には、信頼で結ばれた同志ならではの静かな幸福感が満ちている。最後まで読み終えた者は、その描写が、志半ばで命を落とした者を悼む文学の言葉であることに気づいて胸を打たれるだろう。

（たぐち・たくみ　仏文学者）

一九四七年発表／宮崎嶺雄訳、新潮文庫ほか

アルベール・カミュ（一九一三〜六〇）フランス領アルジェリア生まれ。苦学しながら大学で哲学を学び、第二次大戦中レジスタンスに参加。一九四二年『異邦人』が絶賛されるが、五一年『反抗的人間』でサルトルと論争し次第に孤立。五七年ノーベル文学賞受賞。

今に通じる無人島の独裁

ウィリアム・ゴールディング
『蠅の王』

奥畑 豊

物語の舞台は近未来。世界で核戦争が巻き起こっている最中に、英国から疎開する少年たちの乗った飛行機が無人島に墜落する。そこでは年長の主人公ラルフの提案によって民主的なルールが定められ、生き残った子供たちは互いに協力し合いながら救助を待つこととなった。しかし、あるとき一人の少年が見た夢を契機として、恐ろしい「獣」が島に潜んでいるというデマが流れ、年少者の間に不安と動揺が広がってゆく。

一方、ラルフと対立する少年ジャックは自身の手下とともに狩猟隊を結成し、共同体の秩序を乱す行動を始める。大多数の支持により権力を手に入れたジャックの一味は次第に暴徒化し、ラルフをリーダーの座から追い落とした挙げ句、彼の仲間を惨殺してしまう。

『蠅《はえ》の王』は、ヴェルヌの『十五少年漂流記』に代表されるヨーロッパ無人島小説の伝統に連なっている。だが、第二次世界大戦への従軍経験もある作者の人間観はより深刻だ。例えば、暴力や殺戮といった「野蛮」へと墜《お》ちてゆくジャックには、ヒトラーのような独裁者のイメージが重ねられている。また、作中で大人たちは三度目の世界大戦を繰り広げているが、この暗黒の未来のさらにその先の未来を担うはずの子供たちまでもが、すでにナチズムを彷彿とさせる残虐行為に手を染めているのだ。

しばしば「現代の寓話」と評される『蠅の王』は、このように歴史的で重いテーマを扱っている。しかし、そうした予備知識がなくても本作は十分に楽しめる。荘厳で神話的な文体には圧倒的な迫力があるし、作者が投げかける倫理的な問題意識は現代にも通じる。すでに古典と言われて久しい作品だが、今後も幅広い読者を魅了し続けるだろう。

（おくはた・ゆたか　英文学者）

一九五四年発表／黒原敏行訳、ハヤカワepi文庫ほか

ウィリアム・ゴールディング（一九一一～九三）イギリス・コーンウォール生まれ。オックスフォード大学卒業。第二次大戦に海軍軍人として従軍。戦後、教師をしながら小説を書き始め『蠅の王』でデビュー。一九八三年ノーベル文学賞受賞。

創造か破滅か、理性の行方は

カレル・チャペック『ロボット』

阿部賢一

産業用ロボット、人型ロボット、さらにはペット型ロボットなど、今日、ロボットのない生活は想像できないものとなっている。だがこの言葉がチェコの作家カレル・チャペックの戯曲『ロボット』に由来することを知っている人はそう多くはないだろう（ちなみに「ロボット」という言葉を提案したのは兄ヨゼフ）。

しかし、本作を読んだことがなくても、一九二〇年刊の本作の筋立てには聞き覚えがあるはず。人間の労働を代替するロボットの製造工場に、ヘレナという女性が訪れ、社長のドミンと恋に落ちる。その後、一見平穏な生活を送っているが、徐々に変化が生じる。人間は子供を産めなくなり、従順だったロボットも人間に反抗し始め、遂には人間の絶滅を試みる……。

人造人間を題材にした話、被造物が創造者に反旗を翻す物語は古来数多く存在している。だがチャペックの作品がそれらと一線を画すのは、近代社会における労働者の立場を炙り出し、科学技術が生み出したものがいつの間にか制御《せいぎょ》不能に陥る点を巧みに描いているからである。

　また立場の異なる登場人物が次々発する台詞も見逃せない。例えば「非生産性こそ、ヘレナ夫人、人間に残された最後の可能性になりつつあるのです」と述べる建築士アルクビストの言葉は、効率主義の時代に生きる我々の心に突き刺さる。真理を多面的に捉える作者の試みは、多声的な戯曲という形態によって効果を高めている。

　ロボットを発明した科学者の名は「ロッスム」。これはチェコ語で「理性」を意味する語を想起させる。ロボットを生み出すのも、人間を破滅に追い込むのも、理性の匙《さじ》加減一つなのだとチャペックは私たちに問いかけている。

（あべ・けんいち　中東欧文学者）

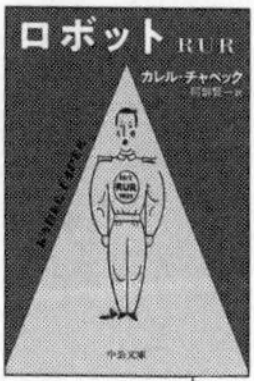

一九二〇年発表／千野栄一訳、岩波文庫／阿部賢一訳、中公文庫

カレル・チャペック（一八九〇〜一九三八）東ボヘミア（現チェコ）マレー・スヴァトニョヴィツェ生まれ。大学で哲学を学んだのち、「人民新聞」に入社。文壇・言論界で活躍。兄ヨゼフは画家・詩人として知られ、カレルの生涯の協力者であった。

鋭く刺さる「格差」の予言

カズオ・イシグロ
『わたしを離さないで』

鴻巣友季子

「読者はイギリス英語のネイティヴばかりではないと意識して書くようにしていました。(中略)文化や言語の境界を難なく越えていける〝インターナショナル・フィクション〟を書きたいと」

イシグロはノーベル文学賞の受賞記念講演でそう語った。こうしたシンプルでストイックな言語観は『わたしを離さないで』にも反映されている。

このSF小説の登場は、文学史にとって一つの事件だった。そこには、「人間はなんのために生きるのか」という根源的な問いかけがあり、刊行から十数年を経た今のほうが、究極の「格差小説」として鋭く刺さってくる。ある種の予言小説でもあった。

介護人「キャシー・H」が「ヘールシャム」という全寮制学校で過ごした幼少期から思春期、その後の日々が回顧されていく。登場人物たちの関係とその変化を綴る筆致は、風のない冬の湖面のように静かだが、水面下には……。

そう、ヘールシャムに暮らす生徒たちは、ある特別な使命を負っている。これが本作を「ディストピア小説」たらしめているのだ。

語り手の声がどこまでも抑制されているのは、凄絶《せいぜつ》な試練を経験してきたからだ。回想ではなくリアルタイムの叙述であったら、本作はここまでの成果はあげられなかっただろう。

また、本作はディストピア文学にとっても大きな転機になった。この分野は未来小説として、肥大化したテクノロジーの描写がつきものだったが、前世紀末からハイテクを前面に押し出さない描き方が主流になってきた。本作はその方向性を決定づけたとも言える。

イシグロは特殊な世界を書くことで、人間の最もありふれて普遍的な部分に触れようとしたのだと思う。

（こうのす・ゆきこ　翻訳家）

二〇〇五年発表／土屋政雄訳、ハヤカワepi文庫

カズオ・イシグロ（一九五四〜　）長崎県生まれ。五歳でイギリスに渡る。ソーシャルワーカーとして働きながら執筆活動を開始。『日の名残り』でブッカー賞、二〇一七年ノーベル文学賞受賞。

中国農民の奔放な「伝説」

莫言『赤い高粱』

藤井省三

本作は二〇一二年にノーベル文学賞を受賞した中国作家莫言《モーイエン》の代表作である。彼は受賞以前に米国・コロラド大学での講演で、同作は抗日戦争を語っているかのようだが、実は私の村人たちが語る民間伝説を語っており、そこには美しい愛情、自由な暮らしへの渇望もあり、私の胸には歴史などなく伝説しかない、と話した（『莫言の思想と文学』）。

小説の時代は中華民国期、舞台は莫言の故郷山東省高密県に設定された架空の村の東北郷、この地で興亡する一族の波乱の半世紀を、一九八〇年代の現在において孫の代の「わたし」が物語る。

そこでは日中戦争期に祖父が率いた抗日ゲリラの話が中心を占め、小説第一部は三九年旧暦八月九日、司令官の祖父と共に一四歳の父が出撃する場面から始まる。だがゲリラ隊が高粱《コーリャン》畑を進み出すや一転して少年時代の「わたし」が登場、放尿しながら、

♪高粱赤く実れば、日本人がやってきた、同胞たちよ覚悟はよいか、銃と砲とをぶっ放

せ、と往年の戦歌を歌う。フラッシュバックの手法である。

本作では、親子、夫婦などの家族関係が主人公たちにより大胆に組み替えられる。祖母はロバ一頭の結納金に目がくらんだ曽祖父により造り酒屋の伝染病の息子の嫁に出される。しかし鋏《はさみ》を握って新郎を拒み通し、三日目の里帰りの途中、花嫁の迎えの輿《こし》の担ぎ手だった祖父にさらわれ高粱畑で結ばれる。そして祖父は酒屋の親子を殺す……。

それは近世から近代への転換期を生きる中国農民の奔放な物語である。一方、現在の私たちはコロナ禍を社会管理のさらなる強化で生き抜こうとしている。莫言が再話した〝伝説〟は、管理社会問い直しの一つの手掛かりになるだろう。

（ふじい・しょうぞう　現代中国文学者）

一九八六年発表／井口晃訳、岩波現代文庫

莫言（一九五五〜　）中国・山東省生まれ。文化大革命により小学校を中退。人民解放軍入隊後、執筆活動を開始。『赤い高粱』は映画化されベルリン国際映画祭で金熊賞を受賞している。二〇一二年ノーベル文学賞受賞。

多様な社会の笑いと涙

V・S・ナイポール『ミゲル・ストリート』

中村和恵

カリブ海文学の豊かさを知らない方に、まずお薦めしたい本のひとつ。舞台はトリニダード・トバゴ、数々の文才を育てた旧英領の島国だ。C・L・R・ジェイムズ、アール・ラヴレイス、そしてこのV・S・ナイポール。ノーベル賞作家はむずかしそう、なんて心配は無用。若き日の作家と重なる語り手の少年「僕」と一緒に、ミゲル・ストリートの住民をひとりひとり眺めれば、半世紀以上前の遠い町が、心から懐かしくなる。

「名前のないモノ」ばかり作る大工のポポ。車とみれば中古も新車もいじって壊してしまうバクー。つねに調子よく人生を楽しんでいるハット。ひと月に一行書く詩人の「ブラック・ワーズワース」は、ここで何をやっている、と尋問され、「その質問を私は四十年間ずっと自分に問いつづけているのです」と答える。およそなにもせず堂々としていることこそ、ひとかどの男として尊敬に値する。それがこの町の序列だ。

もちろん女たちはしょっちゅうひどい目にあっている。でもやられっぱなしじゃない。

男が手で殴れば、女は「舌で殴る」。七人の父親と八人の子供をこしらえたローラの罵《ば》詈雑言《りぞうごん》の多彩さにハットは、シェイクスピアみたいだと脱帽する。

アフリカからきた元奴隷の子孫と、奴隷制廃止後にインドからきた移民労働者の子孫が人口を二分し、さらに先住民族、白人、中国系ほかが加わる。この多様なクレオール社会が、ミゲル・ストリートの笑いと涙の背景だ。語り手の少年と同じように作家は若くしてカリブ海を離れ、英国へ、祖先の地インドへと、「中心」を探して旅していった。だが負け犬の魂を尊ぶミゲル・ストリートには、どんな社会にも通じる普遍性と、困難を笑い飛ばす心意気がある。世界中で長く愛読されてきたゆえんだ。

（なかむら・かずえ　英語圏文学者）

一九五九年発表／小沢自然・小野正嗣訳、岩波文庫

V・S・ナイポール（一九三二〜二〇一八）旧イギリス領トリニダード島生まれ。インド系移民の三世。オックスフォード大学で学び、BBCなどを経て創作活動に入る。一九七一年『自由の国で』でブッカー賞、二〇〇一年ノーベル文学賞受賞。

難解さ生む奴隷制の歴史

ウィリアム・フォークナー『アブサロム、アブサロム!』

諏訪部浩一

その知名度に比して、フォークナーほど読まれていない作家も珍しいかもしれない。二〇世紀アメリカ文学の最高傑作である（と断言させていただくが）『アブサロム、アブサロム!』も、フォークナーの代表作ともなればどうせ難解に決まっていると、手にとるのを躊躇《ちゅうちょ》してきた方も多いと思う。

だが、『アブサロム』のストーリーは、むしろ単純だといっていい。一九世紀前半のアメリカ南部に突然あらわれた男トマス・サトペンが大農園を作り一男一女をもうけるも、南北戦争（一八六一〜六五年）で農園は荒廃し、息子は妹の婚約者を殺し失踪、そしてサトペン自身も非業の死を遂げる……というだけの話なのだ。

それが「難解」に見えるのは、二〇世紀初頭に四人の登場人物（アメリカ南部のことなど知らないカナダ人の若者までも）がこの〈サトペン神話〉に取り憑《つ》かれ、真相を推理小説的に探求していくためである。彼らが代わる代わる提示するサトペン一族の物語は、想像力の産物であり、「真実」はその彼方《かなた》にしか存在しない。それをこの小説の難しさと感じる読者もいるだろう。

しかしその「想像力」からは、奴隷制という負の歴史を持つアメリカ南部の――二一世紀の現在も解決されていない――「現実」が浮上する。偉大な文学は明快な「真実」を教えるのではなく、混沌とした「現実」を突きつけることを、本書の読者はきっと実感するはずだ。

フォークナーの小説が難解なのは、「現実」が複雑であるからに他ならない。だからこそ、覚悟を決めて読んでいただきたいのである。ちなみにフォークナーは、彼の作品を二度、三度読んでもわからないという人へのアドバイスを求められて、こう答えている――「四度読んでください」。

（すわべ・こういち　米文学者）

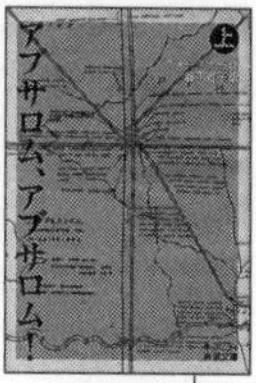

一九三六年発表／藤平育子訳、岩波文庫（上下）

ウィリアム・フォークナー（一八九七～一九六二）アメリカ・ミシシッピ州生まれ。第一次大戦で英国空軍に参加。その後、職を転々としながら創作を始める。複雑な性格を持つアメリカ南部を描いて、各国の作家に多大な影響を与えた。一九五〇年ノーベル文学賞受賞。

強さを支える繊細さ

アーネスト・ヘミングウェイ『老人と海』

坂根隆広

言わずと知れた世界的名作は、とてもコンパクトな小説だ。一気に読めば数時間もかからない。しかしそこで得られる経験は圧倒的に濃密だ。どこで読み終えても、そこには遠い海の余香が漂うだろう。

八四日間の不漁にあえぐキューバの老いた漁師サンチアゴには、少年の相棒がいる。でも少年の両親は、不運な老人の舟に息子が乗ることを許さない。老人は小舟でひとり海へと出る。そして巨大なカジキと出会い、魚は餌に食いつく。

続くのは大海で見えない敵と共に過ごす忍耐の時間。魚や鮫《さめ》との死闘の場面も息をのむが、こうした静かに張りつめた「待ち」の時間が、この小説の密かな醍醐味でもある。老人は色々なことを考える。たとえば、互いに孤立無援の存在として、奇妙な絆を結んだカジキを殺すことの罪について。自然の一部でもある卑小な人間が、生きるため、あるいは誇りのために自然と闘うとはどういうことか。今の私たちにも迫る根本的な問いを考えるヒントがここにはある。

　これは老いてもなお逆境を耐え抜く人間の強さについての物語だ。しかし老人は独り言を洩らし、鳥に話しかけ、少年さえいてくれたら、と何度も口にする。強さを支えるのは、弱さにも似た繊細な何かであり、他者を希求する自己を受け入れる率直さだということがわかってくる。

　強靭さを支える繊細さ。それは経験に裏打ちされた老人の漁師としての所作が、か細い糸の上のダンスを思わせるのと似ている。その所作は、無駄を削《そ》ぎ限界まで正確さを求める作家の文体と通底する。ヘミングウェイとサンチアゴという二人の職人が邂逅《かいこう》したとき、この名作は誕生した。彼らの息遣いが世界中の読者を魅了してきたのだ。

（さかね・たかひろ　米文学者）

一九五二年発表／高見浩訳、新潮文庫ほか

アーネスト・ヘミングウェイ（一八九九〜一九六一）アメリカ・イリノイ州生まれ。第一次大戦に赤十字要員として参加。一九二一年パリに渡る。『老人と海』でピュリッツァー賞、五四年ノーベル文学賞受賞。六一年猟銃で自殺。

抜群の面白さ、深刻な問題提起

バルガス＝リョサ『緑の家』

柳原孝敦

『緑の家』の最大の特徴はその複雑な構成だ。五つのプロットが断片化され、バラバラに語られる。話が急に過去に飛んだと思うとすぐに現在に戻ってくる。しかし、決して読者の理解を妨げないのだから、よほど巧みな構成だ。複雑さはむしろ読者を飽きさせないための工夫なのだ。そんな物語を読み進めていくと見えてくる全体像は、深刻で考えさせられるものだ。

リトゥーマ軍曹という人物が多くのプロットを繋ぐ鍵人物だ。彼はまずアマゾン地方の密林地帯配属の治安警備隊員として現れる。その後故郷の砂漠の都市ピウラ配属となり、昔からの不良仲間と行きつけの娼館・緑の家でちょっとした問題を起こし刑務所に入るが、数年後、戻ってくる。

リトゥーマ軍曹のアマゾンでの活動は、修道院が文明化の目的で先住民の少女を誘拐するのを援助したり、ゴムの密輸商である地元の有力者が、裏切り者の日系人や先住民を追及する手助けをしたりすることだ。日系人の情婦を奪って逃走後結婚し警備隊の船頭になる人物がいて、その船頭夫婦がリトゥーマに妻を斡旋するが、これが修道院の少女を逃がしたために追い出されてきた女性で、やはり有力者を裏切り、警備隊につかまった先住民の娘でもある。そんな複雑な関係の紡ぐストーリーの面白さは抜群だが、同時に先住民問題、開発、伝道、権力の腐敗など植民地期以来ペルーが抱え続ける問題を浮き彫りにするものでもある。

リトゥーマが妻を連れて帰ったピウラでは、初代と二代目ふたつの緑の家での男たちの独りよがりな恋、意地の張り合い、情婦を娼婦にする身勝手が語られる。ラテンアメリカらしいマチスモ（男性優位主義）が産む悲劇が痛々しい。

（やなぎはら・たかあつ　スペイン語圏文学者）

一九六五年発表／木村榮一訳、岩波文庫（上下）

バルガス＝リョサ（一九三六〜　）ペルー・アレキパ生まれ。マドリードに留学。一九六三年『都会と犬ども』がペルー当局の怒りをかい公開焚書。七四年ペルーに帰国。二〇一〇年ノーベル文学賞受賞。現在はマドリード在住。フランス、スペイン両国のアカデミー会員。

新天地からの帰郷と恋の行方

チママンダ・ンゴズィ・アディーチェ『アメリカーナ』

粟飯原文子

アメリカは世界中の人々の旅の目的地であり終着地であり続けている。かつてアメリカの移民の物語は新天地での定住、社会への適合、成功の夢を描くものが多かった。だが近年、そうは言えない傾向が見られる。

ナイジェリア出身のアディーチェによる『アメリカーナ』は二一世紀の新しい移動を描いた作品だ。同国の恋人たちの三大陸をまたぐラブコメディを軸に、移民の苦難と奮闘、アメリカ社会の根深い人種問題が浮き彫りにされ、最終的には帰郷の物語へと移っていく。

大学の奨学金を得て渡米した主人公イフェメルは絶望と屈辱を味わうも、幸運をつかみ、人気ブロガーとなる。見えにくい社会の歪みや矛盾、偽善が、初めて「人種」と向き合ったよそ者の目から鋭く知的に考察される。人種を巡るブログ記事は物語の展開に厚みを添える不可欠な要素だ。

一方、恋人のオビンゼは渡米が叶わず、イギリスへと向かう。他人になりすまし、不法就労をして、偽装結婚まで企てるが、結局、強制送還の憂き目に遭う。皮肉なことに、好機と成功は故郷でこそもたらされる。

イフェメルは一三年のアメリカ生活の後、挫折や危機に直面したわけではなく、ただ帰りたいという理由で帰郷を決意する。二人がナイジェリアを離れたのも、より良い選択肢を求めてのことだった。そうした移動の軌跡は、暴力や貧困から逃れるアフリカ人という固定観念を打ち破る。

距離と運命に引き裂かれ、しばし別々の人生を辿った二人は再び結ばれるのか。恋の行く末とともに予感されるのは、いかに問題含みで不完全であろうと、出立のみならず帰還の場としての可能性溢れるアフリカの現在と未来の姿だ。

（あいはら・あやこ　アフリカ文学者）

二〇一三年発表／くぼたのぞみ訳、河出文庫（上下）

チママンダ・ンゴズィ・アディーチェ（一九七七〜　）ナイジェリア・エヌグ生まれ。二〇〇七年『半分のぼった黄色い太陽』でオレンジ賞受賞。一三年『アメリカーナ』で全米批評家協会賞受賞。

想像力の冒険

「虫」というリアルな怖さ

フランツ・カフカ『変身』

沼野充義

ある朝、主人公が不安な夢から目覚めると、ベッドの中で途方もない虫に「変身」していた。プラハのユダヤ人作家、カフカの予言的な小説『変身』のショッキングな冒頭である。最初に発表されたのは第一次世界大戦のさなか、一九一五年だが、当時はあまり広く知られることもなかった。カフカが二〇世紀の新しい世界文学の開幕を告げた先駆者として評価されるようになるのは、はるか後、第二次世界大戦後のことだった。

それにしてもこの「虫」とは何だろう？　昔の翻訳ではこれを「毒虫」としているものが多かった。しかし主人公は真面目なセールスマンであって、精励刻苦、両親と妹の三人を養っている。彼に毒などない。「虫」はドイツ語原文では「ウンゲツィーファー」といい、語源的には、汚《けが》れた小動物の類を指す。面白いのはそれを形容するのが「途方もない（ウンゲホイエレン）」で、カフカは明らかに同音の繰り返しで遊んでいる。私なら「途方もないとほぼ虫」とでも訳したいところだ。

『変身』は現代人の孤独と疎外をあぶりだしたすさまじい不条理小説の元祖として祭り上げられ、その可笑《おか》しみが見過ごされがちだった。しかし、この「虫男」が苦労して鍵を口で廻す描写など、思わず噴き出すほどだ。

恐ろしいのは主人公が虫になるということよりも、むしろ家族がその変身をあまり怪しまず、おぞましい姿に変わり果てた彼を厄介払いして喜ぶという成り行きである。差別され排斥される異分子を描くことによってホロコーストを予見した寓話とも、現代の介護問題を先取りした風刺とも読める。しかし、この「虫」はあくまでもリアルな存在だ。現実をありのままに描いたらこうなった――そう感じられるのが恐ろしい。

（ぬまのみつよし・スラブ文学者）

一九一五年発表／池内紀訳、白水Uブックスほか

フランツ・カフカ（一八八三〜一九二四）現チェコ・プラハ生まれ。両親ともドイツ系ユダヤ人。大学で法律を学び、労働者傷害保険協会に勤めながら執筆にはげむ。結核で死去。「変身」など一部の作品以外は、死後、友人のM・ブロートによって出版された。

女性三代、つながる言葉と心

イサベル・アジェンデ『精霊たちの家』

松永美穂

三代にわたる女性たちの、壮大な年代記。物語の中心となる一家の人々に、たいへん魅力がある。一代で財をなした勤勉なエステーバンは、頑固で乱暴者。その妻のクラーラには予知能力がある。彼らの邸宅には精霊たちが住みついており、予言をしたり、人間生活に介入したりする。まさにメルヒェンのような、前近代を思わせる日々の傍らに、急速に経済発展していく二〇世紀の人々の姿がある。格差の拡大、資本家が牛耳る政治、外国（主にアメリカ）の介入、イデオロギーの対立などの、現実的な苦難。エネルギーのうねりと感情の高まり、そして歴史の流れが、この小説の推進力になっている。

作者はこの作品を、「母と祖母、その他並み外れた女性たちに」捧《ささ》げている。登場するクラーラ、ブランカ、アルバという女性たちの系譜のなかで、クラーラが祖母、ブランカが母の世代にあたる。そして小説のなかでクーデターのために命を失う社会主義者の大統領は、作者の叔父であり、実際にチリの大統領だったサルバドール・アジェンデを彷彿とさせる。物語はこうして現代史にも直結していくのだ。

クラーラは強い。夫の鉄拳に、沈黙という武器で対抗する。クラーラが密かに書き留めたノートを半世紀後に孫娘のアルバが読み、生きるよすがとする。祖母から孫へ、言葉が伝わっていくだけではなく、その言葉が力になるのだ。それは、言葉が彼女の「いま」へと繋がる、たくさんの人々の生を証し立ててくれるからだろう。

箍《たが》の外れたような人間がたくさん出てくる一方で、我が身を顧みず弱者を助ける人々が存在感を放つ。奥深い想像力に満ちた物語の力に、何度も圧倒される。

（まつなが・みほ　ドイツ文学者）

一九八二年発表／木村榮一訳、河出文庫（上下）

イサベル・アジェンデ（一九四二〜　）ペルー・リマ生まれ。生後まもなく両親の祖国チリに戻る。一九七三年、父のいとこのアジェンデ大統領が軍事クーデターで暗殺される。のちベネズエラに亡命。一族の歴史に想を得た『精霊たちの家』が世界的ベストセラーに。

他者を覗く奇妙な物語

ポール・オースター『幽霊たち』

阿部公彦

米国では独立独歩が何よりの美徳。古典作品でも、森に入って自給自足の生活を送る人（『ウォールデン』）や、海の果てまでクジラを追いかける人（『白鯨』）の偉業が語られる。自分を追求せよ、人の目なんか気にするな、とばかりに。

しかし、その反作用か、他者とのゆがんだ接近が生ずることもある。個人主義と他者依存は紙一重なのか。ポーやホーソーンといった作家はストーカー譚《たん》めいた奇妙な物語を書いた。『幽霊たち』に描かれるのも他者を覗くことにのめり込む人物だ。

主人公のブルーはある日、「見張り」の業務を請け負う。お膳立ては済んでいた。監視のための部屋が用意される。ここからブラックを観察し、定期的にレポートを送るだけ。ブルーは淡々と仕事をこなした。

しかし、それから一年。どうもおかしい。依頼の目的は何なのか。ブラックの素性は依然、わからない。依頼主のホワイトも謎だ。ブルーはついに依頼外の行動を取る。変装し、ブラックに近づいた。何と自分のことを知っている。それどころか、依頼主は他ならぬブラックなのかもしれない。

ブルー、ホワイト、ブラックなどとだけ呼ばれる登場人物は人相も人柄もわからないのに、わずかな情報から手品のように物語が展開。少しずつ人間の匂いが滲み出す。探偵物だが荒涼としたハードボイルドではなく、作家のやわらかい手つきを通して、まとわりつくような吸引力が生まれる。

『ガラスの街』、『鍵のかかった部屋』とともにニューヨーク三部作を構成する本作。独特の探求ぶりは三篇に共通する。オースターはアメリカ本国より先に日本で人気が出た作家で、翻訳家の柴田元幸の功が大きかったと言われる。（あべ・まさひこ　英文学者）

一九八六年発表／柴田元幸訳、新潮文庫

ポール・オースター（一九四七〜　）アメリカ・ニュージャージー州でポーランド系ユダヤ人の両親のもとに生まれる。コロンビア大学卒業後、数年間各国を放浪。一九七四年に帰国し執筆を始める。「ニューヨーク三部作」で注目を浴び、地位を確立。

度々流行する、民主主義の守護者

ジョージ・オーウェル『一九八四年』

小川　哲

　今から五年前、二〇一六年の一一月に、米国の大統領選挙で共和党候補のドナルド・トランプが民主党候補のヒラリー・クリントンを破り、第四五代大統領に選出された。それから二ヶ月後、ジョージ・オーウェルの『一九八四年』が米国のアマゾンで突如としてベストセラー入りし、一位を獲得した。売り上げが突然伸びた理由として、コンウェイ大統領顧問がトランプ大統領就任式の聴衆数を誇張したことを「代替的事実《オルタナティブ・ファクト》」という言葉で正当化したことが挙げられている。「フェイク・ニュース」や「ポスト真実《トゥルース》」などといった言葉も流行した。

『一九八四年』は「ビッグ・ブラザー」によって支配された近未来の全体主義国家が舞台である。「テレスクリーン」と呼ばれる監視カメラによって市民は二四時間監視され、街中に「ビッグ・ブラザーがあなたを見ている」というポスターが貼られている。主人公のウィンストンは歴史の改竄《かいざん》を仕事にしているが、常に監視された生活や独裁体制に疑問を抱き、党の転覆を目指す「ブラザー同盟」に加盟する。

『一九八四年』の初版が発売されたのは七〇年以上前の一九四九年だが、英文学研究者や古典文学愛好家以外の人々もオーウェルの名前を口にする。発売以来、『一九八四年』は定期的に流行してきた。監視社会や私権制限、検閲や歴史修正主義、全体主義の萌芽《ほうが》が現れると同時にオーウェルの名前が語られ、『一九八四年』が読まれ、自由と民主主義の守護者として警鐘を鳴らすのである。我々はオーウェルを通じて「人間らしさ」を思い出す。

　現代に読まれても十分に面白い古典は数多く存在するが、『一九八四年』のような読まれ方をしている古典はなかなか見当たらないのではないか。


（おがわ・さとし　作家）

一九四九年発表／高橋和久訳、ハヤカワepi文庫ほか

ジョージ・オーウェル（一九〇三〜五〇）イギリス植民地時代のインド・ベンガルに生まれる。イートン校を卒業後、警察官としてビルマで勤務。第二次大戦中はBBC、新聞の特派員としても活動。結核の病床で『一九八四年』を書き上げ、刊行の翌年死去。

絶妙な距離で人間性探求

トーマス・マン『魔の山』

尾方一郎

一九二四年発表で二九年のマンのノーベル賞の契機ともなった『魔の山』は、文学部のない一橋大学の授業で今読んでも、案外学生に好評だ。だが何の小説かという質問には答えにくい。

恋愛小説だろうか。世界中から結核療養者が集まる第一次大戦前のスイスのサナトリウムに長逗留《とうりゅう》する主人公ハンス・カストルプは、人畜無害を装いながら実はあちこち首を突っ込んでいくタイプだ。その彼とコーカサス辺りから来た中性的魅力（魔力？）を放つショーシャ夫人との遠回りでじれったい駆け引きは、読者をも引きずりこむ。

一方この東方の謎の人妻から彼を引き離すべく西欧の理性とヒューマニズムを説く文学者、セテムブリーニ氏の滔々《とうとう》たる思想的訓話からハンスが様々な知的関心を開花させる過程は、ゲーテやロマン派などドイツの文学伝統を汲む教養小説としても読ませる。

そしてこの合理主義者に論戦を挑むイエズス会士ナフタの神への絶対的服従の論理、

はたまた他の人物たちが開陳する精神分析や医学、生理学、神話学等々がぶつかり合うさまは、ダ・ヴィンチ的に広範な世界把握の書にも見せる。

二〇世紀のモダニズムの中で、旧態依然と見られがちなことにマンは我慢できなかった。一方職業作家として、読む面白さも放棄できなかった彼は、多くの言説の組合せという実験を試みつつ、それらを読みやすい枠に収める手腕も磨いた。

この小説には、人間性探求を目指したいろいろな言葉があふれている。その各々《おのおの》に存分に主張させつつどれにも肩入れせず、等しく絶妙の距離を取ることで、ユーモアを漂わせる。人間性という永遠のテーマと、時に意地悪くさえ見える語り口で、この作品は今も私たちにじかに訴えてくる。

（おがた・いちろう　ドイツ文学者）

一九二四年発表／関泰祐・望月市恵訳、岩波文庫（上下）ほか

トーマス・マン（一八七五～一九五五）北ドイツのリューベックに生まれる。一九〇一年に『ブッデンブローク家の人々』で名声を得る。二九年ノーベル文学賞受賞。ナチス政権下ではスイスのちアメリカに亡命し抵抗の姿勢を貫いた。

シュルレアリスム実践篇

アンドレ・ブルトン
『ナジャ』

野崎 歓

ナジャとはナニモノじゃ？　題名からして魔法がかけられている。シュルレアリスム（超現実主義）運動を率いる若き詩人アンドレ・ブルトンが、パリの町で遭遇した妖精のような女、それがナジャだ。

みすぼらしい身なり、奇妙な化粧をした金髪の若い女。「とても華奢《きゃしゃ》な体つきで、ほとんど地に足をつけずに歩いている」。詩人はためらわず彼女に声をかける。魅惑の冒険の始まりだ。

『シュルレアリスム宣言』が血湧き肉躍る理論篇だったとすれば、『ナジャ』は驚愕《きょうがく》の実践篇である。「超現実」を求めてやまないブルトンの情熱は、物狂おしくもひたむきだ。ナジャはそれに応えるかのように、彼の前に現れ出た。

彼女は予言者なのか、超能力者か、それとも単にちょっとオカシイのか？　「私はさまよう魂」という彼女とともにパリを歩めば、異様な出来事が続発し、ポエジーと日常の区別はおぼろになっていく。

二人の関係は通常の恋愛とは異質だ。物語は小説ではなくドキュメントとして提示され、証拠写真も多く収められている。ブルトンが求めるのは口当たりのいいフィクションではない。現実の只中から現実を一変させる何かを摑み取ってこその超現実主義である。そうした思いをほとばしらせた文章自体がすでにして一個の驚異であり、鮮烈なまばゆさを放っている。

ナジャは結局不幸な運命をたどることになる。ブルトンは彼女をいたずらに理想化したのか。女性崇拝の裏に男性中心主義的発想も垣間見られないか。だが、「真の人生」へと向けて読者を鼓舞する本書の力は唯一無二だ。

ナジャとは「ロシア語で希望という言葉のはじまり」なのだという。この一冊は未知の世界に向けて開かれた扉であり続けている。

（のざき・かん　仏文学者）

一九二八年発表／巖谷國士訳、岩波文庫

アンドレ・ブルトン（一八九六〜一九六六）フランス・タンシュブレー生まれ。一九一六年にダダイズムのグループに参加。二二年にシュルレアリスムに転向、理論的指導者となった。

文体実験は読者への挑戦

ジェイムズ・ジョイス『ユリシーズ』

吉川　信

二〇世紀最大の小説と呼ばれるジョイスの『ユリシーズ』は、二〇二二年二月で出版一〇〇年を迎えた。当初はスキャンダラスな内容で裁判沙汰にもなったが、その後はむしろ難解さで有名になった。「私は大変多くの謎やパズルを埋めこみましたから、教授陣は何世紀もの間私が何を意図したかをめぐって、忙しく議論を続けることでしょう。それが不滅を維持する唯一の方法なのです」。難解さは作者本人が保証している。

読み手に対する挑戦という点で、一九二〇年代を代表する実験小説である。「言葉」が「物語」を語るという事態そのものが問題になる。一体何が起こっているのか、考えない読者を相手にしない。けれども粗筋はいたってシンプルだ。

主人公は、若き日の作者を思わせる二二歳の青年スティーヴンと、ユダヤ系三八歳の新聞広告仲介業者ブルームである（彼もまた中年ジョイスの似姿と考えて良い）。一九〇四年六月一六日木曜、二人はそれぞれの日常を生き、夜半過ぎ、酩酊《めいてい》し自暴自棄のスティーヴンを心配したブルームは彼を救うべく娼婦街に紛れ込む。かくして二人は出会い、未明に別れる。それだけの話である。けれどもブルームは、故国帰還のために地中海を放浪したオデュッセウス（ギリシア語Odysseusのラテン語名がUlysses）に相当し、スティーヴンは父を探し求める息子テレマコスに相当する。『オデュッセイア』のパロディである。二〇時間足らずの物語の舞台は、未だ大英帝国の支配下にあったアイルランドの首都ダブリン。この日ブルームは、舞台裏で決行される妻モリーの不義にも耐える。これまた貞淑な妻ペネロペイアのパロディだからである。

文体実験の向こうに日常の悲哀を見て取ることができれば、現代を喜劇として描いた作者の巨視的な眼差しにも同調できようか。

（きっかわ・しん　英文学者）

一九二二年発表／丸谷才一・永川玲二・高松雄一訳、集英社文庫（全四巻）

ジェイムズ・ジョイス（一八八二〜一九四一）アイルランド・ダブリン生まれ。二〇歳でパリに出るも母危篤の報せで帰郷。一九〇四年ノラ・バーナクルと出帆。生涯の大半をヨーロッパ大陸で過ごす。『ユリシーズ』初版はパリのシェイクスピア・アンド・カンパニー書店から刊行された。

燃えないでほしい原稿

ミハイル・ブルガーコフ
『巨匠とマルガリータ』

奈倉有里

モスクワの池のほとりに突如現れた悪魔ヴォランド、喋《しゃべ》る巨大な黒猫、魔術で金をばらまき人々を翻弄する手品大会、不可解な死、数々の珍事件、裸にエプロン姿の美女、悪魔の大舞踏会、透明になり箒《ほうき》で空を飛ぶマルガリータ。

一九三〇年代後半のソ連で同時代を舞台に書かれたにもかかわらず、『巨匠とマルガリータ』は驚くほどポップでファンタスティックな親しみやすさゆえに今も世界中の読者を魅了し、二〇世紀ロシア文学のうち最も読まれ愛されている長篇とさえ言われる。岩波文庫の表紙は上下巻ともに作者が暮らしたアパートの壁にファンが描いた情熱的な落書きで、黒猫や悪魔への現代人の愛着が伝わる。

発表のあてもなく四〇年に死ぬまで書かれ、スターリン批判を経てまず六六年に検閲を受けた不完全な版が刊行、七三年についに完全版が刊行されると、瞬く間に社会現象的な人気を得た本作。作中でバッシングを受け失意のなか原稿を燃やした主人公の作家

「巨匠」に対し、悪魔が「原稿は燃えないものなのです」との名台詞とともに原稿を復活させる場面には、この小説自体のたどった運命が重なり、逆境に潰されようとも復活する文学の底力が浮かびあがる。巨匠の書いたヨシュア（イエス）とピラトゥスの登場する小説内小説との重層性も魅力だ。

本作はスターリンの粛清が徐々に猛威をふるうなかで書かれた。弾圧される芸術・文化。人の命さえも思いのままに操る超越的存在には独裁者の姿が重なる。作品冒頭に掲げられたゲーテの『ファウスト』に倣《なら》い、「永遠に悪を欲し、永遠に善をなす」ための術はどこにあるのか――作者の最後の希望を紐解くとき、本書はより深く読者に迫る。

（なぐら・ゆり　ロシア文学者）

一九六六年発表／水野忠夫訳、岩波文庫（上下）

ミハイル・ブルガーコフ（一八九一～一九四〇）ロシア帝国支配下のウクライナ・キエフに生まれる。のちモスクワに出て作品を発表。ソ連体制下では、その諷刺性ゆえ多くが発禁処分となる。最晩年の『巨匠とマルガリータ』も生前の発表はかなわず、のちに再評価が進んだ。

溢れる言葉は命の祝祭

ガルシア＝マルケス
『エレンディラ』

見田悠子

原書のタイトルは、『無垢《むく》なエレンディラと無情な祖母の信じがたい悲惨の物語』。ノーベル文学賞作家の二大傑作『百年の孤独』と『族長の秋』をつなぐ珠玉の短篇集だ。

最近は毒親という言葉が聞かれるが、祖母の呪いはかくもエレンディラを縛る。灼熱の砂漠に張られたテントに大行列。休む暇なく体を売らされる少女が、怪物的な祖母から逃れるために何ができるか。修道院に入れば？　殺鼠《さっそ》剤を飲ませダイナマイトで吹き飛ばせば？　天使のような青年が彼女を愛し、全てを捧げれば？　一筋縄ではいかないカリブ海沿岸地方の物語の結末は爽やかにして悲惨、想像力を刺激する。

一行に一週間を費やしたとも作家が語る入魂の作品群は、ストーリーを追うだけではもったいない。大きな翼のあるヨボヨボの老人、バラの香りの海、この世で一番美しい水死人、幽霊船の最後の航海。暑苦しいまでに詰め込まれた言葉とイメージをじっくり味わうと、冬だというのに熱帯地方の町のねっとりとした風に体が汗ばむ。名も無き端役の運命や、次々と起こる欄外の奇跡とドラマに気がつき驚嘆する。

溢れかえる言葉は、日々の命を生きる人間たちの祝祭だ。その想像力は、神をも引きずりおろし、くだらないものも祭り上げる、軽薄かつ具体的な創造力である。旅をしたい人、雑踏の熱が恋しい人、祭りを自粛せざるをえない人、日々の刺激に飢えている人にもってこいの一冊。本書さえあれば、何度でも祭りは蘇る。

近親間の搾取は植民地体制のアレゴリーとも読める。身の回りの生活を守るための驚異的な辻褄《つじつま》合わせは、族長的な政治家を生み、国の荒廃を引き起こし、素朴な生活も壊していくのだが、それはまた別の話。

（みた・ゆうこ　ラテンアメリカ文学研究者）

一九七二年発表／鼓直・木村榮一訳、ちくま文庫

ガルシア＝マルケス（一九二八〜二〇一四）コロンビア・アラカタカ生まれ。大学中退後ジャーナリストとしてヨーロッパ、ベネズエラ等で活動するかたわら創作。マジックリアリズムの旗手として数々の作家に多大な影響を与える。一九八二年ノーベル文学賞受賞。

人間は言葉の外では生きられない

ホルヘ・ルイス・ボルヘス
『伝奇集』『アレフ』

星野智幸

アルゼンチンの巨匠ボルヘスは、二〇世紀前半に書いた『伝奇集』と『アレフ』で、いきなり人間の行き止まりを暴いてしまった。

「記憶の人、フネス」（『伝奇集』）は、知覚するすべてを記憶する青年の話だ。そこに選択はなく、知覚すればいやがおうでも記憶してしまう。フネスは実ったブドウを見ても「ブドウ」と認識できず、一粒一粒の違いや葉や枝の曲がり具合など、細部としてすべてを知覚する。抽象的に「犬」と認識することはできなくて、今見た犬と一秒後に横を向いた犬とは別個に記憶されるため、同じ犬とは理解できない。

「犬」という概念が通用しないフネスの世界は、本当は言葉のない世界だ。「犬」なる言葉で知覚するということは、細かな違いを無視して、対象をある範囲内にまとめる行為である。現実に存在する多様な犬と、「犬」という言葉の間には、何の関係もない。現実の事物に区別を作って言葉を当てはめるのは、人間の側の事情だ。人間がむき出しの現実を受け止めるためには、言葉で翻訳された架空の世界像が必要なのだ。

ボルヘス作品の大半は、先行する作家の作品の書き換えだったり、架空の書物の注釈だったりと、今でいう二次創作みたいなものだ。そうして、私たち人間が言葉の外の世界に出ることはできないことを、完璧に証明した。

例えば、「トレーン、ウクバール、オルビス・テルティウス」（『伝奇集』）では、存在しない架空の天体の文化を独自の言語で記した百科事典が存在し、人間の世界が次第にその百科事典の記述に侵食されていくさまが書かれる。

ボルヘスは、私たちがすでにある言葉から二次創作を繰り返してわずかな変異を作り出し、世界像の翻訳をアップデートして過酷な現実を生き延びていることを、教えてくれる。


（ほしの・ともゆき　作家）

一九四四、四九年／いずれも鼓直訳、岩波文庫

ホルヘ・ルイス・ボルヘス（一八九九〜一九八六）アルゼンチン・ブエノスアイレス生まれ。一九一四年一家でヨーロッパに渡る。二一年に帰国。二三年に最初の詩集を、四一年に短篇集を刊行。該博かつ幻惑的な作風が特徴。

都市の物語がつむぐ詩のような書物

イタロ・カルヴィーノ
『見えない都市』

和田忠彦

モンゴル帝国第五代皇帝フビライと、ヴェネツィア共和国から父親と叔父に伴われてきた青年商人マルコ・ポーロ。もし二人が広大な領土に散らばる都市をめぐり対話を交わしていたら、そんな仮説の上に物語は組み立てられている。すべてが女性の名を有する五五都市が一一の属性に分類され、全九章に算術級数的に配置される。巡察使マルコが訪れた都市の模様を語り、それを聴いた皇帝による下問が、両者の対話に移行していく。各章を括る対話九篇と都市の描写五五篇を合わせれば六四篇。チェス盤の枡目《ますめ》の総数になる。

都市をめぐることばをはさんで対峙する二人——都市の姿を語りながらマルコは皇帝の沈黙を読み、耳をすます。マルコがどの都市を語るときも、いつも少しずつ故郷ヴェネツィアの姿が忍び込み、その顔をのぞかせていることに、皇帝は最初から気づいている。

『見えない都市』とは、「見えない」ものに目を凝らすという行為の連続のなかにだけ「存在」する「記憶」の集合体なのだ。その記憶は、対話する両者だけでなく、物語の枡目に整然と配された都市の姿と二人の対話を読もうと目を凝らす読者によって共有されるものでもある。

実験的手法と物語への信頼の共存を可能にした物語を、「透かし模様から成る長編詩の新しい開かれた書」と柳瀬尚紀が呼んだのはまさに慧眼《けいがん》である。

カルヴィーノ四九歳、半世紀前の作品。一九七七年、米川良夫による日本語訳が出ると、いち早く共感を表明した磯崎新をはじめ、伊東豊雄など少なからぬ後続世代の建築家を刺激し、清水徹、豊崎光一など仏文学者を中心にした都市論の展開に大きな影響をあたえ、高柳誠の詩作を支えた。ちなみに二〇二三年は作者生誕一〇〇年にあたる。汲《く》めども尽きぬ現代の古典である。

（わだ・ただひこ　イタリア文学者）

一九七二年発表／米川良夫訳、河出文庫

イタロ・カルヴィーノ（一九二三〜八五）キューバに生まれ二歳でイタリアに帰国。第二次大戦末期パルチザン闘争に参加、この体験をもとにした『くもの巣の小道』で世に出る。実験的手法を駆使した作風。

冒険の中に寓意や洞察

C・S・ルイス 『ナルニア国物語』

小谷真理

前世紀半ばに書かれた異世界ファンタジーの傑作。

作者は当時英国のケンブリッジ大学などで教鞭をとっていた英文学者。欧州の古典に通じる教養人だけあって、子ども向きの作品でありながら、随所に神話や伝説の寓意や現代社会に対する洞察が埋め込まれていて、実に深い。

『ナルニア』のユニークさは、異世界でありながら、人間の一生のように、生と死、そして死後の様子が描かれていること。全七巻は、生の時代にたびたび起こった危機を乗り越えるため、子どもたちが召喚されるという筋立てが多い。

未熟な子どもたちが、ものをいう動物や奇妙な生き物、あるいは騎士たちと共に冒険しながら成長していく姿は、瑞々《みずみず》しく、ウィットに富んだ筆致が味わえる。そして何より物語のトーンの明るさが特徴的だ。

安心感の秘密は創造主自身がライオンの姿で登場し導き手となっていることかもしれ

ない。一方、魔女や巨人など、残酷で無慈悲な悪の存在を通して、甘美な誘惑も活写される。

総じて、善も悪もそれらが存在していること自体を祝福するような姿勢があり、それが物語全体に喜びに満ちた雰囲気を与える。

ナルニアを訪れた子どもたちは現実の世界に戻っても、冒険が忘れられず、度々集まっていたことが最終巻で明かされる。まだ大人になりきれてはいない少年ピーターが、ナルニアの上級王の威厳のある態度で、闖入《ちんにゅう》者に語りかける場面がある。

世知辛い世の中に生きてはいても、異世界の存在を知る人たちと語らい、それにふさわしい気高い行動をとることができるのだ。その様子には、憧れをかきたてられたものだ。

（こたに・まり　SF・ファンタジー評論家）

一九五〇～五六年発表／土屋京子訳、光文社古典新訳文庫（全七巻）ほか

C・S・ルイス（一八九八～一九六三）北アイルランド・ベルファスト生まれ。ケンブリッジ大学で中世及びルネッサンス英文学を教えるかたわら創作。「ナルニア国物語」シリーズの最終巻『最後の戦い』でカーネギー賞受賞。

神か死か――解釈すら宙吊り

サミュエル・ベケット『ゴドーを待ちながら』

田尻芳樹

老いた浮浪者二人組が田舎道でゴドーを待っている。暴君とその奴隷が現れいっとき暇が潰れる。最後に少年が、ゴドーさんは明日は必ず来ると伝言しに来る。翌日の第二幕も、衰滅の様相が色濃い他は大して変わりがない。すべてが不確定で筋も展開もないこんな常識はずれの芝居『ゴドーを待ちながら』（一九五三年パリ初演）は「不条理演劇」の代名詞として二〇世紀演劇史に燦然《さんぜん》と輝く。

二人組の掛け合いは漫才のようだし、ヴォードヴィルや喜劇映画の笑いを取り込んでいる。他方、聖書への言及が多く、哲学的思索らしきものの断片も豊富だ。そもそも「ゴドー」とは何か。ベケットは明言を避けたが、神（ゴッド）かもしれないし、死かもしれない。死だとすれば二人の待機状態は人生そのものを容赦なくむき出しにしたということになろう。誠に人生とは、暇を潰しながらこの世に理由もなく一定時間存在し続けるという以外のことではないからだ。

二人組の窮乏状態は第二次大戦中ナチスを逃れて南仏に身を潜めていたベケットの経験を反映しているという説がある。確かに二〇世紀の大破局なしには生まれなかった作品かもしれない。そのせいだろうか、この作品は苦しんでいる人間に強く訴えかける。刑務所の囚人を活気づけた記録は数多いし、内戦や災害の際に好んで上演されもする。だがこの芝居の深い虚無感と軽い笑いの絶妙なバランスを演出するのは難しく、いい舞台にはなかなか出会わない。また作品は細かく見れば見るほど謎だらけで、私たちの解釈という営み自体を宙吊《づ》りにしてしまう。それでも私たちはこの芝居について考え続けるだろう。人生そのものについて考え続けるように。

（たじり・よしき　英文学者）

一九五二年戯曲刊行／安堂信也・高橋康也訳、白水Uブックス

サミュエル・ベケット（一九〇六～八九）アイルランド・ダブリン生まれ。パリ高等師範学校に英語講師として赴任し、ジョイスと知り合う。戦後は多くの作品（小説と戯曲）をフランス語で執筆し、自ら英訳。ヌーヴォー・ロマンの先駆者。一九六九年ノーベル文学賞受賞。

深い洞察が光る珠玉の短篇集

ケン・リュウ

『紙の動物園』

立原透耶

稀有な作家による稀有な物語である。ケン・リュウは中国出身のアメリカ人作家。弁護士でプログラマーでSF作家という肩書きからもわかるように、作品のバリエーションは豊富である。しかし同時に中国出身ということで、かれの作品はアジアを描くことが多い。

表題作の「紙の動物園」は中国の貧しい村から買われてアメリカに渡って母親となった女性とその息子の物語である。英語もろくに話せない母親は折り紙に命を吹き込む不思議な力を持っていて、子供の頃の息子の宝物にもなるのだが、やがて息子は母親を疎んじていく。世界中でいくつもの大賞を受賞した名作中の名作である。

「文字占い師」は中国と台湾の政治的動乱期のなかに起きた悲劇を描く。台湾で友人のいないアメリカ人の少女は、中国人の文字占い師と知り合い親しくなるが、ふと漏らした一言が原因で友人を失うことになってしまう。「月へ」はアメリカに難民申請してきた中国人の物語。そこに月の世界、孫悟空が絡む幻想的な話へと発展する。しかし現実は苦くて重い。

「太平洋横断海底トンネル小史」は歴史のＩＦ《イフ》を描く。戦争が違う形で進んだとしたら。海底トンネルを掘る労働者として人生を費やす台湾人が主人公で、日本人、朝鮮人、台湾人、と身分があるなか、かれは地道に出世していくが、誰にも言えない秘密があり夜毎《ごと》悪夢にうなされるのだった。

短篇集には全部で七作が収録されている。どれもが社会や歴史、人間を深く考えさせられるものばかりである。かれの作品はＳＦと純文学の境界にあり、日本でも多くの読者を得ている。その深い洞察力とメッセージは世代を超えて伝わってくる。

（たちはら・とうや　小説家、翻訳家）

二〇一五年発表／古沢嘉通編・訳、ハヤカワ文庫ＳＦ

ケン・リュウ（一九七六〜　）中国で生まれ、幼い頃に渡米。ハーバード大学に入学し、法律を専門に学ぶ。弁護士やプログラマーとして働きながら執筆。「紙の動物園」は、ヒューゴー賞・ネビュラ賞・世界幻想文学大賞の三冠を獲得。

世の不可解に種明かしはない

呉明益『歩道橋の魔術師』

東山彰良

大切なメッセージが反復される。

物語の本筋だけでなく、さりげないエピソードのひとつひとつまでもが作者の想いを声高に叫んでいるようだ。ときにはサイドストーリーのほうが魅力的すぎて、本筋を凌駕してしまうことがある。そうすると、私たちはサイドストーリーのほうからも本筋の秘密に迫ることができる。

いまよりもっと胡乱《うろん》だった頃の台北を切り取ったこの連作短篇集では、登場人物たちが子供時代に経験した取り返しのつかない出来事を回顧していく。「九十九階」では摩《ま》訶《か》不思議かつ胸躍る失踪を遂げた少年が、長じたのちに自らの命を絶つ。そこに明確な理由はない。はっきりしているのは、彼が死んでしまったことだけ。大人になったいまも答えの見つからないそんな記憶を、死んだ男の親友はひとり静かにふり返る。行き場のない記憶に寄り添うようにして、歩道橋の魔術師の思い出が語られる。少年たちが過日に遭遇した魔術師は、彼ら自身の物語を支えるサイドストーリーでしかない。なのに、その存在がまるで満月のように追いかけてくる。表題作では魔術師が紙でつくった黒い小人を踊らせる。その秘密を知りたくてたまらない主人公の少年に、魔術師はこう告げる。「この黒い小人だけは本当だ。本当だから、言えない。本当だから、ほかのマジックと違って、秘密なんてないんだ」。

それこそがこの短篇集で反復されているメッセージだ。死や失踪、けっして理解できないそんな出来事にマジックのような種や仕掛けがあれば、少しは救われる。だけど、そんなものはない。世界はけっして種明かしをしてくれない。大切なのは秘密を解き明かすことではなく、秘密なんてないと知ること、そうやって生きていくことなのだ。

（ひがしやま・あきら　作家）

二〇一一年発表／天野健太郎訳、河出文庫

呉明益（一九七一～　）台湾・台北生まれ。国立東華大学中国文学部教授。一九九七年、短篇『本日公休』でデビュー。二〇一一年の長篇『複眼人』は英語版が刊行され、高い評価を得る。写真評論・エッセイなど幅広い作品を手掛ける。

次代に光を灯す稀有の文学

アンネ・フランク『アンネの日記』

小川洋子

おそらく、世界中で最も名の知られた本の一冊、と言っていいと思う。ナチス・ドイツ時代、隠れ家生活を送り、密告によって逮捕され、ベルゲン・ベルゼン強制収容所で一五年の命を閉じたユダヤ人少女の日記、というありふれた説明だけではとてもとらえきれない、実に奥深く、彩り豊かな内容を持った文学である。

思春期の少女を描いた小説は多いが、そのただ中にある書き手が、自分自身を題材とし、複雑な内面をこれ以上ないリアルな言葉で描いた文学は、稀有であろう。子ども時代の繭を打ち破ろうとして、彼女はもがき、苛立ち、自らの未熟さにうな垂れる。そうした心の動きを利発な目で観察し、的確に描写してゆく。自分を客観視し、決して自己憐憫《れんびん》に溺れない。もちろん周囲の大人たちの本質も見抜いていた。ママを鋭く批判し、こっそり食べ物を隠す同居人を軽蔑しつつ、支援者たちの崇高な精神に尊敬の念を捧げた。

もう一つ驚かされるのは、死と隣り合わせの閉じ込められた状況にありながら、日記の中にユーモアがあふれている点である。隠れ家の住人たちはただ、じっと息を殺していただけではない。そこにはささやかな喜びと笑いがあった。彼女はそれを見逃さず、茶目っ気を発揮し、時に微笑《ほほえ》ましい皮肉を込めながら、すべてを残らず書き記しておきたいという情熱を持って描写している。

アンネは屋根裏部屋の小窓に映る風景を愛した。少年ペーターに恋をした。死んだ後もなお、人間は生き続けられると信じた。自分の生かされている世界は美しいのだと、感じ取る心を失わなかった。どんな境遇にあっても人は成長し、文学を書き残すことによって次の世代に光を灯せる、とアンネは証明した。

（おがわ・ようこ　作家）

一九四七年発表／深町眞理子訳、文春文庫

アンネ・フランク（一九二九〜四五）ドイツ・フランクフルト生まれ。一九三三年、ナチスの迫害を逃れ一家でオランダに移住。四二年から入口を見えないようにして隠れ住むも、四四年に発見され強制収容所で死去。隠れ住んだ日々の日記は父親によって出版された。

コラム②【文庫化してほしい世界の詩】

土の記憶を描く新しい「古代性」

『シェイマス・ヒーニー全詩集　1966〜1991』

阿部公彦

強烈な個性は芳醇《ほうじゅん》で謎めいた香りに包まれる。そうした詩作品は、各社の文庫にも多数収録されてきた。しかし、時には読者とやさしさや戸惑いを共有するような詩があってもいい。今回紹介するシェイマス・ヒーニーは、小さな詩集を一冊ポケットに入れ、人生の休憩所で一息つきながら頁をめくりたい詩人だ。

湿地は郷愁を誘う。水と土の原始的な混交には、ヒトと世界の起源が見える。ヒーニーの初期の詩で象徴的なイメージを担ったのは「ボグ」と呼ばれる沼地だった。アイルランドの自然を象徴するこのぬかるみには、土と共生してきた先祖の記憶が堆積し、文明のたどった跡が浮かぶ。

ヒーニーの新しさはまさにこの古代性にある。ロマン派以降の近代詩人は、個人の声で語ることを運命づけられた。時には絶叫調で、時にはささやき声で、怒濤《どとう》のような感情からとっておきの秘密まで幅広く言葉にした。しかし、私たちが今、うまく詩と出会えなくなったのはこの個性過剰のためかもしれない。ロマン派にせよ象徴派にせよ、詩人はしばしば強烈な言葉に伴われて、驚異的な他者として私たちの前に現れる。

これに比べるとヒーニーは人も作品も、驚くほど善良でやさしい。もちろん、その言葉は複雑な皮肉を潜ませ、一筋縄ではいかない絶妙な操作に満ちてもいる。紛争のつづいた北アイルランドのマイノリティに生まれた詩人ならではのデリケートさを備え、暗く重い記憶も背負う。しかし、彼が驚異的な他者としてではなく、土地と共同体の全体を穏やかに見据える人として描き出す世界は、読者をはねつけない静けさに覆われる。古代的でかつ新しい詩の可能性がそこにはある。

（あべ・まさひこ　英文学者）

一九九五年刊行／村田辰夫・坂本完春・杉野徹・薬師川虹一訳、国文社（品切）

シェイマス・ヒーニー（一九三九～二〇一三）北アイルランドのカトリック教徒の農家に生まれる。一九七二年「血の日曜日事件」に衝撃を受け、アイルランド共和国に移住。九五年ノーベル文学賞受賞。

Ⅱ　日本文学篇

書き下ろし

一、日本文学篇は、海外で翻訳され広く読者を獲得している作品を中心に選定した。海外文学篇と同様の四章立てとし発表年順に並べた。

一、作品の選定および執筆は読売新聞文化部の待田晋哉が担当した。

愛の記憶

愛と言葉の妖しい世界

谷崎潤一郎『卍』

文豪の谷崎潤一郎は、妖しく輝く愛の世界を書き続けたイメージがある。女の背に一針、一針刺青を施すことに絡め取られた男を描く『刺青』のほか、『痴人の愛』や『細《ささめ》雪《ゆき》』、『鍵』に至るまで……。愛に憑かれた作家は、私生活でも三度の結婚を重ねた。『卍《まんじ》』は、その底のない谷崎の愛欲の物語の最も深い淵だ。主人公の園子は夫がありながら、美しい光子に溺れる。終わりのない同性の愛欲の世界は、ほかの男や園子の夫を巻き込み、水面に輪を描くように幾重にも広がってゆく。

この作品を一層、艶《あで》やかに彩るのは、二人の上方言葉だ。

「あんた、こんな綺麗な体やのんに、なんで今迄《いままで》隠してたん？」

「あんまりやわ、あんまりやわ」

甘やかで、口の中で溶けるような。東京・日本橋生まれの谷崎は三七歳のときに関東大震災にあい、関西へ移住した。日本の王朝文学に連なるような文化の夢を関西の風土に見出し、『卍』をはじめとする四〇代以降の名作群を紡ぎ出した。

実は、『卍』は当初、標準語で執筆された。一九二八年から三〇年まで雑誌「改造」に連載されたものは標準語で、徐々に関西弁が織り込まれる。『決定版谷崎潤一郎全集第十三巻』（中央公論新社）は初出時の本文も一部収める。大阪の学校に通う学生二人を助手として雇い、この小説を関西弁に書き換えた。

ひらがなと漢字、カタカナが交じる美しい言葉の連なりを眺めると、谷崎が書きたかったのは、「愛」ではなく「言葉」だったとさえ思える。自分の王国を装うのにふさわしい言葉だけを彼は探していた。

この後も彼は、作品にふさわしい言葉を見つけ、その響きに導かれるようにして創作を続けた。『春琴抄』『盲目物語』『瘋癲《ふうてん》老人日記』……。大谷崎《おおたにざき》の名は、絶ゆることなく言葉を探し続けた七九年の営みにこそふさわしい。

一九二八～三〇年発表／中公文庫ほか

谷崎潤一郎（一八八六～一九六五）東京生まれ。耽美的な作家として文壇に登場し、関西移住後は日本的美意識に傾倒。自身の世界観を追求した。ほかに『猫と庄造と二人のをんな』など。

心と軀の断層を見つめる言葉

吉行淳之介『原色の街』

性愛を描く小説の名手と言われた吉行淳之介の作品は今、改めて読み直すと軽い違和感を覚えるかもしれない。

例えば、娼婦たちを題材にした初期の代表作『原色の街』だ。戦後の混沌の臭いが濃く残る一九五〇年、この街に流れ着いたあけみは、自分が「快感を覚えないで」いるからこそ、日々をやり過ごして暮らしている。だが、一人の男との出会いをきっかけに、心に逆らって客たちに対して軀《からだ》だけが反応するようになる。彼女はやがて、娼婦の刻印を自ら押し、街から離れられなくなるような行動へと突き進む。

精神と肉体といった主題に対して、男性に少し都合が良すぎるのではないかとも感じさせる。一方で、心と軀の断層を見つめた作品は、愛情から性の歓びの間に複雑に広がる人間の心身の階調を小説の言葉で表した。異性愛と生殖、性行為と快楽を疑うことなく結びつけてきた古い男性的な性の観念を揺さぶった。それらは、男女を問わず愛や性を描く後続の書き手へのブリッジとなったのではないか。

日本の文学界では八〇年代後半以降、山田詠美や江國香織をはじめ、多くの女性作家が女性の心と性について書き始め、九〇年代や二〇〇〇年代にかけて広がってゆく。

文学史の上で「第三の新人」と区分される吉行は、少年期から青年期に戦争と混乱の時代を体験した。学生時代には、長崎の医大に進学した親しい友人を原爆で亡くしている。吉行の小説の良き伴走者だった批評家の川村二郎が、彼の小説を読み解いた評論の題名は、『感覚の鏡』という。作家の中で光を放ち続けた〈鏡〉は、そっけない顔をして生と死が隣り合わせにある時代を生きた者が、無理やりに研《みが》かれたものでもあった。

底光りのする白々とした言葉で人の中にある深淵を見つめた作品を、現代から裁断はできない。暗がりの向こうでぼんやりと照るものに、耳を澄ませるだけだ。

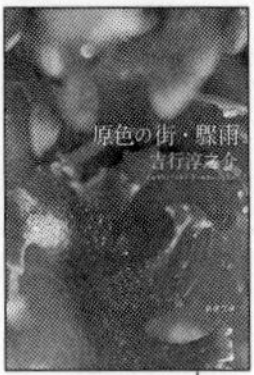

一九五一年発表／新潮文庫ほか

吉行淳之介（一九二四～九四）岡山県生まれ。東京大学英文科を中退後、編集者を経て作家になる。『砂の上の植物群』、『暗室』（谷崎潤一郎賞）など性を通して人間を見つめる名作を多く残した。

不条理に満ちた老いの哀しみ

川端康成
『眠れる美女』

波の音が聞こえる宿で、初老の男はあてがわれた娘の隣に横たわる。睡眠薬で眠らされた娘のそばに添い臥《ふ》して、一夜を過ごそうというのだ。

衝撃的な内容の一作は、川端が六二歳だった一九六一年に出版された。のちにノーベル文学賞を受ける作家の中篇は、世界の文豪たちにも影響を与えている。コロンビア出身のガルシア＝マルケスはこの作品に触発され、自身が九〇歳を迎えた誕生祝いに、うら若い処女を狂ったように愛そうと考える男を描く『わが悲しき娼婦たちの思い出』を執筆している。

突き放して考えると、若い女性を単なる道具のように扱った人間性を無視した作品とも捉えられるのかもしれない。それでも引きつけられるのは、眠れる美女たちを眺める男の目の異様な冴え、五感の開きが、いくつになっても性から解放されることのない人間の哀しみを思い起こさせるからだ。性とは、生であることが、柔らかな奥底に烈《はげ》しいものをたたえた文章から、苦しくなるほど浮かび上がってくる。
〈娘の匂いがただようちに、ふっと赤んぼの匂いが鼻に来た。乳呑児《ちのみご》のあの乳くさい匂いである。娘の匂いよりもあまく濃い〉

　数々の名作を残した川端は、作家であると同時に実務にも優れた人であった。四代目の日本ペンクラブ会長を務め、一九五七年に東京で初の国際ペン大会を成功させた。六八年にノーベル文学賞を受賞した際は、東洋の異国情緒に満ちた「美しい日本の私」を完璧に演じきった。日本の高度経済成長期だった当時、出版界は拡大期に入っていた。相次ぎ出版された文学全集や叢書、辞書などの広告用の推薦文などをこまめに書いたことも知られている。

　だが決して、妖しいほど不条理に満ちた内面の世界を手放すことはなかった。その生と文学を今も輝かせているのは、相反するこの二面性にある。

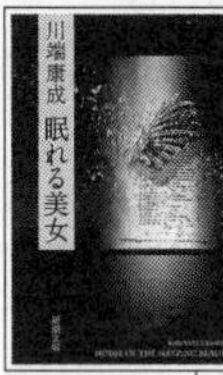

一九六〇〜六一年発表／新潮文庫

川端康成（一八九九〜一九七二）大阪府生まれ。東京帝国大学卒業。学生時代に菊池寛に認められ、新感覚派と呼ばれる。主な作品に『伊豆の踊子』『雪国』『古都』。ノーベル文学賞受賞後、ガス自殺した。

自身と戦後の青春を描く

三浦哲郎
『忍ぶ川』

家族をめぐって重い事情を抱えた二人の男女が、夫婦となって一緒に生きることを選ぶ。彫琢《ちょうたく》された言葉で文章を刻み続け、短篇小説の名手と言われた三浦哲郎の『忍ぶ川』は、日本の恋愛小説の屈指の名作だ。

恋愛小説と言っても、「ロマンチック・ラブ」といった明るい雰囲気はない。「慎み」とか「慕わしい」などの和語が合うような情愛の世界だ。青森県八戸市の呉服店を営む家に生まれた三浦は若いころ、兄や姉らが相次いで失踪や自殺をした。戦後、早稲田大学の経済学科に進んだが帰郷し、中学の助教諭などを経て二二歳のとき仏文科に入り直した。自分にも同じ破滅の血が流れているのではないかと悩んだ末、〈その血を架空の試験管に採って研究し、理解することが自分自身の生きる道〉だと考え、文学者としての歩みを続けた。井伏鱒二を生涯の師とした。

木の香とどぶのにおいがした昭和の木場の街を、主人公の〈私〉と志乃の二人が訪ねる場面に始まり、娼婦の街だった洲崎、志乃の父が住む栃木、〈私〉の故郷である青森県八戸……。物語は進んでゆくにつれて白く、澄み渡り、二人が初めて過ごす雪の夜の場面に向かう。

　この作品は、歴代の芥川賞受賞作の中で、最も多くの人に愛された一つとも言われる。なぜ、鮮烈な純度をたたえた小説となったのか。著者は一九三一年生まれで、戦争の時代が幼少期にあたる。二人の恋は個人的な出来事でありながら、単なる恋愛ではないのだ。戦争を経て新たな時代を生きることと、自分の運命の人を選び、夫婦となって家庭を築いていくことが、重なり合っていた。

　本作が書かれたのは六〇年、日本の経済は発展を続けていた。当時二九歳だった作家が発表した物語は、自身の青春であり、日本の輝かしい青春の結晶でもあった。

一九六〇年発表／新潮文庫

三浦哲郎（一九三一～二〇一〇）青森県生まれ。芥川賞受賞後も、自らの一族を貫く宿命と向き合い続け、長篇『白夜を旅する人々』で大佛次郎賞を受賞。『拳銃と十五の短篇』など短篇の名手としても知られる。

愛し、書き続けた作家の私小説

瀬戸内寂聴
『夏の終り』

愛した、書いた、祈った――。六〇年を超える作家活動で四〇〇冊以上の著書を残した瀬戸内寂聴は、自分の墓碑に書く言葉を決めていたという。家庭を捨てて流行作家となり、五一歳で突然、出家した人生は、まさにこの言葉にふさわしい。

九九年の生涯の中でも、四〇歳のときに書いたこの私小説『夏の終り』は転機となった作品だ。主人公の知子は、妻子ある売れない作家との関係を八年にわたって続ける。その馴れあいの生活が、かつて愛した年下の男の出現によって崩されてゆく。

読んだものの記憶に残る場面が一つある。出口のない毎日に疲れ切った女性が、衝動的に男の家を訪ねる場面だ。男の妻はたまたま不在で、家の中に招き入れられる。テレビの横に置かれた酒の瓶、壁のハンガーに吊られたワンピース。女は、異様に冴えわたった眼で、今まで目を背けていた男と妻との暮らしを感じさせる品々を見つめる。女性であれ、男性であれ、長くつき合った恋人と別れることは、命を絶つことと似ている。

男の家にあるものを眺めながら、妻がいることを実感し、別れを意識し始めたとき、澄み切ってゆく眼は、末期の眼に似る。

潔い私小説の名作を残した著者は、『瀬戸内寂聴に聞く 寂聴文学史』（尾崎真理子）の中で、待つしかない平安の女性たちの寂寥《せきりょう》をつづった藤原道綱母『蜻蛉《かげろう》日記』などにも触れ、自分は「私小説家」とは呼ばれたくないと語っている。

「古来、女性が私小説を書くという行為の根本には、『屈辱』という思いがつきまといますが、でも、それは文学の動機として十分なものでしょうか」

自分の痛切な体験を赤裸々に打ち明け、選び抜かれた言葉で書き綴る私小説こそ、文学だと考えられていた時代があった。だが、告白をしたときの受け取られ方が、男性と違って女性は、より性的な好奇の視線で捉えられがちだったのではないか。戦後の女性文学を牽引した作家は、私小説が持つ陥穽《かんせい》にいち早く気づいていた。

一九六二年発表／新潮文庫

瀬戸内寂聴（一九二二〜二〇二一）徳島県生まれ。中国で終戦を迎え、引き揚げた直後、作家になるため娘を残して家を出た。『花に問え』で谷崎潤一郎賞ほか受賞作多数。『源氏物語』の現代語訳も手掛けた。

生死の極限を見つめた者の倦怠

開高健
『夏の闇』

ベトナム戦争で人間の生と死の極限を見つめた主人公は、その反動のように長い悪縁の女性と異国での情事におぼれる。ひたすら飲んでは彼女を抱き、眠っては食べ、また抱く。大学の博士論文の提出に追われる学者の卵である女性と、物書きの男との間に将来、人生の接点が生まれる余地はないことは互いに分かっている。刹那的な情事にしかならないことを知っているからこそ、二人の時間は濃密なものになる。

開高健《たけし》は、ベトナムの戦地に立った経験をもとにした『輝ける闇』を執筆した後、その反動のように性の倦怠に沈み込む姿を描いた『夏の闇』を発表した。一九六四年、新聞社の臨時特派員として戦時下のベトナムへわたり、九死に一生を得る体験をしたことはあまりに有名だ。生、性、死。人間を人間にする三つのものが剝き出しになる戦場という場を『輝ける闇』で見つめ、そのあまりの緊張感からの弛緩が招く、自死すれすれの虚脱と『夏の闇』で向き合った。ＰＴＳＤやトラウマといった言葉が一般的になる以前、直感的にこの苦しさを濃密な文学の言葉でつづった。

本作は、直筆原稿の縮刷版が新潮社から刊行されており、比較的簡単に生原稿に触れることができる。深刻な内容からは意外なことに、少し丸みを帯びた開高の手書きの文字がかわいらしいことに驚かされる。

かつて手書きの原稿が多かった時代には、このような文字を書く男性作家は意外と多かった。止め、はね、払いに力を入れすぎて、筆圧で手が疲れないようにしながら、間違って読まれないため一文字、一文字をはっきりと分かるように書いたためだ。迫力ある作品と対照的な字の形は、自分の言葉を正確に伝えることへの執着の表れだ。

この計四〇八枚の直筆原稿を受け取った文芸誌「新潮」元編集長の坂本忠雄によると、開高の原稿は書き直しがほとんどない完全原稿だった。「一種の完璧癖」がある川端康成や三島由紀夫、江藤淳らに通ずるものだったという。

一九七一年発表／新潮文庫（直筆原稿縮刷版は単行本）

開高健（一九三〇～八九）大阪府生まれ。一九五八年「裸の王様」で芥川賞、七九年『玉、砕ける』で川端康成文学賞受賞。世界中を歩き、釣りを愛した。ほかに『フィッシュ・オン』『オーパ！』など。

中年の怪しい愛の揺らぎを見つめる

古井由吉『槿《あさがお》』

戦争中に少年時代を過ごした古井由吉は、「内向の世代」と呼ばれた作家の一人だ。坂上弘や阿部昭、黒井千次らとともに、人間の内面を掘り下げた作品を残した。この長篇は四三歳になる一九八〇年に連載を始め、三年後に単行本が刊行された後に谷崎潤一郎賞を受賞した。作家として男盛りのときに書かれた。

〈腹をくだして朝顔の花を眺めた。十歳を越した頃だった〉

水あたりか、流行病《はやりやまい》なのか。抗生物質が普及する以前の子どもの下痢とは、恐ろしいものであっただろう。その体の小さな異変と、昼前にはしおれていく定めの朝顔の鮮やかな青の記憶に導かれるようにして、物語は進み出す。

四〇歳を超えた妻子のある男は、献血所で一緒になったことから三一歳の女性と知り合う。それをきっかけに、急死した友人の妹や飲み屋を営む女性など、三人の女性たちの影が、薄く、濃く、自分の身の回りにべったりとはりつくようになる。

厄年を回り始めたころの男の体と心は厄介だ。かつては、愛する女に直線的に反応した自分の体が、時に思うようにいかなくなる。性の奥深さに気づかされる一方、妻がある男ならば異性の肉体に馴れ、若いころの潔癖さを失って淫蕩の気がにじみ始める。

自分の体の奥に潜むうごめくものを知り、その先にある死を意識し始めた男の内面が、古今東西の文学から培われた技巧を凝らした文体でつづられる。

〈老いるのはまず心身だが、それぞれ時間そのものが老いる、とも言えはしないか（略）年月ばかりがとめどもなく過ぎて、じつは時間が前へ流れにくくなっている。往々にして逆流しかけて、やがて身のまわりにゆるやかな渦を、とぐろを巻く〉

本作の中の一節だ。作家はこの後、年齢を重ねるにつれて、河口に向かう川の流れが満ち、引くように、一人の人間の中で現実や過去、愛や性の記憶も全てがたゆたうような境地を探った。晩年には、『辻』をはじめ優れた連作集を残すことになる。

一九八〇～八三年発表／講談社文芸文庫

古井由吉（一九三七～二〇二〇）東京都生まれ。幼少期、戦中に受けた空襲による心の傷が、創作の原点となった。一九七一年「杳子《ようこ》」で芥川賞受賞。ほか『仮往生伝試文』で読売文学賞など受賞作多数。

自分の心と体に正直になること

山田詠美
『ソウル・ミュージック・ラバーズ・オンリー』

人間は、まず相手の心を好きになり、そこから体に向かって階段を踏むように愛を深めていくという考え方がある。どうも説教臭くて嘘っぽい。恋愛とは、何かの突発事故のように、ベッドをともにしてから相手について深く考え始めることもあれば、出会ったときから雷に打たれたように相手の肉体を求めることだってあるはずだ。

一九八七年の直木賞受賞作『ソウル・ミュージック・ラバーズ・オンリー』は当時、日本人の女性作家が黒人男女の恋愛模様を生々しくつづったことで衝撃的に受け止められた。受賞記者会見には、テレビやスポーツ誌、週刊誌などが押しかけたという。だが実は、人間にとって真の意味で清潔な恋愛とは何かを描き出したことこそが重要だった。それは、相手と向き合ったときに、体面や外聞にとらわれず、自分の中にわき上がってくる第一感に従うことだ。

この小説の中に出てくる人物は、誰もが激しい感情の渦に落ちる勇気を持っている。

ハイスクールに通うウィリーは、軍隊暮らしで家にいない夫を待つ人妻と恋に落ち、彼女の家に毎日通い詰めるようになる。フットボールが得意だったブルースは、継母の体を知ってから、人間にとって守らなければならない秘密があることを知る。

自分に正直になることを肯定したその文学は、後続の世代の背中を押した。例えば、村田沙耶香は一〇代の頃、学校のいじめを題材にした『風葬の教室』や、『蝶々の纏《てん》足《そく》』『ベッドタイムアイズ』などを何度も読み返したという。

高橋源一郎との共著『顰蹙《ひんしゅく》文学カフェ』の中で、作家は新人の条件として挙げられた「若者でバカ者でよそ者」の言葉に共感している。そのうえで、このように話している。「（小説を書くことは）そもそも一番ダサいことなんだから。その一番ダサいことを突っ張ってやっている。それを昔はダンディズムと呼んだんですけど」

一九八六～八七年発表／幻冬舎文庫

山田詠美（一九五九～　）東京都生まれ。一九八五年『ベッドタイムアイズ』で文藝賞を受賞し、デビュー。『トラッシュ』で女流文学賞、『A2Z』で読売文学賞、『風味絶佳』で谷崎潤一郎賞ほか受賞作多数。

個を持った二人の密やかな恋

川上弘美
『センセイの鞄』

川上弘美の小説を読むことは、生きるスタイルを教わることと似ている。生き方の姿勢を学ぶことだと言ってもいいのかもしれない。

谷崎潤一郎賞の受賞作でもある『センセイの鞄』は、三〇代後半の独身会社員のツキコさんが偶然、居酒屋で高校時代の古文のセンセイと再会し、交流を深める物語だ。サカナをつつきながら酒を飲み、キノコ狩りや花見を楽しみ、島にも出かける。四季の流れに身を任せるように距離を近づける三〇歳以上も年を離れた二人の恋は、あわあわ、ゆるゆると形容されることがある。だが、本当に二人の関係はそんなに穏やかなものだろうか。本を開くと、初めの瞬間から、この振る舞い方を受け入れられないものは、立ち入り禁止だとでも言われているような、峻別されているような気分を受ける。

〈センセイは酌を受けることを好まない。ビールも酒も、自分自身でていねいにつぐ〉

〈その日はビールだけでおしまいにした。枝豆と、焼き茄子《なす》と、たこわさを食べおえて

から、きっちりと割勘にした〉と
女性と男性、先生と元教え子、年長者と年少者。社会的な立場の違いはあっても、相手に卑屈におもねるような人間が、この世界に立ち入ることはできない。一人の人間として互いの心を慈しみ合えるものだけが、物語の中に入ってゆくことを許されるのだ。「個」であることを大切にする。口で言うのは簡単だけど、貫くことは難しい。自立した二つの個として愛を育んでゆく彼らは、年甲斐がないといった世間の好奇の目にもさらされ、生きものの時間の流れにも立ちはだかられる。だからこそ、密やかな二人の時間は、温かな繭にでも包まれたようなかけがえのないものになる。

人間と異なる生きものとの交情を描く『龍宮』、未来の世界を舞台にした『大きな鳥にさらわれないよう』。この著者の小説は、私たちが選んで読んでいるのではない。作品から選ばれて読んでいるのだ。

一九九九～二〇〇〇年発表／文春文庫、新潮文庫

川上弘美（一九五八～　）東京都生まれ。一九九四年「神様」でパスカル短篇文学新人賞。『蛇を踏む』で芥川賞、『真鶴』で芸術選奨文部科学大臣賞、『水声』で読売文学賞ほか受賞作多数。二〇一九年紫綬褒章。

すれ違い、渦を巻く大人の男女の愛

平野啓一郎
『マチネの終わりに』

京都大学法学部在学中の二三歳だった一九九九年、「日蝕」で、芥川賞を受賞した平野啓一郎は、七〇年代生まれの作家の先頭を切って現代文学の第一線を走ってきた。人類の宇宙開発を扱った『ドーン』や『決壊』など、スケールの大きな長篇。『滴り落ちる時計たちの波紋』のような芸術性の高い短篇集。『私とは何か――「個人」から「分人」へ』では、一人の人間の中にいくつもの「分人」があるとする「分人主義」を唱えた。

その著者が四〇代に差しかかり、自身の内なる主題と芸術性、大衆的な物語性を両立させた作品が毎日新聞に二〇一五年三月から連載した『マチネの終わりに』だ。

物語の主人公は、天才の名をほしいままにしてきたクラシックギタリストの聡史と、クロアチア出身の著名な映画監督と長崎出身の日本人女性のもとに生まれた国際ジャーナリストの洋子。米国のイラク侵攻や難民問題、グローバリズム経済と芸術の関わりなど、現代の最も核心にある問題を背景に置きながら、四〇代を前にして精神面での芸術上の危機を迎えた聡史と、自身のキャリアと出産について悩む洋子の恋愛という個人的な営みについて記されてゆく。

起伏に富んだ長篇は、同じ時代や過去の時代を生きた何人もの時間が、いくつも渦を巻き、思いがけないすれ違いや再会が何度も描かれる。例えば、世界的な人気を呼ぶ『梨泰院《イテウォン》クラス』をはじめとする韓国ドラマにも劇的な場面がしばしば現れるように、人間はきっと、想像もつかない奇跡が時に起きることを物語の中で読みたいのだ。長い歩みを経て著者は、この作品で人々の思いに答えることを知ったのかもしれない。

なぜならば、人間の生は死に向かって刻々と進み、時間の前に必ず敗北することを定められ、時間だけでなく、物理的にも肉体に縛られ、思うように生きられないことを運命づけられているからだ。物語とは、その虚無を慰め、それでも自らの生を歩み続けることに人間の尊さがあると思い至らせるものでもあるのだ。

二〇一五～一六年発表／文春文庫

平野啓一郎（一九七五～　）愛知県で生まれ、北九州市で育つ。著書に『決壊』『かたちだけの愛』『空白を満たしなさい』『透明な迷宮』『本心』など。『ある男』で読売文学賞受賞。

歴史と社会

技法を凝らしたプロレタリア文学作品

小林多喜二
『蟹工船』

一九三三年二月二〇日、治安維持法違反の疑いで逮捕された小林多喜二は、警視庁築地署で特高警察の拷問を受け、命を落とした。この事件は間違いなく、近代日本文学史における最大の汚点であり、悲劇だ。

亡くなったとき、小林は二九歳の若さだった。その彼が残した『蟹工船』を、プロレタリア文学運動の指導的理論家だった蔵原惟人は新潮文庫の解説で、「社会の下積みになっている労働者大衆の非人間的な生活とその自然成長的な闘争」を描く作品と位置づけている。

この事実を踏まえたうえで今、著者の作品と向き合うには、単に「プロレタリア文学」と区分して理解するだけではなく、新たな読みを深める姿勢も求められるだろう。

「おい、地獄さ行《え》ぐんだで！」

オホーツク海で過酷な漁を続ける蟹工船の実体と人間の尊厳を奪う船員たちの劣悪な

環境、彼らの覚醒を描く本作でまず、目を引くのは、劇画のような迫力のある会話文だ。

〈靄《もや》が下りていた。何時も厳しく機械的に組合わさっている通風パイプ、煙筒《チェムニー》、ウィンチの腕、吊《つ》り下がっている川崎船、デッキの手すり、などが、薄ぼんやり輪郭《りんかく》をぼかして、今迄《まで》にない親しみをもって見えていた〉

荒々しい北の海に浮かぶ船の無機質な描写には、荒涼とした叙情さえ漂っている。

小林の草稿ノートや原稿類は、DVD化されている。ノートには、「犬に劣つた飯の食はせ方　土工怪死事件後聞」と書かれた新聞記事の切り抜きも貼られていた。小林を『蟹工船』執筆に駆り立てたのは、資本家が肥え、労働者が搾取される昭和の社会の告発にあった。だが、取材を重ね、映画のような様々な技法を凝らしていた。リーマン・ショックが起きた二〇〇八年をはじめ、『蟹工船』には時折、再読のブームが起きる。それは、書かれた動機の切実さと文学作品としての奥行きの深さがあるからだ。

一九二九年発表／新潮文庫

小林多喜二（一九〇三～三三）秋田県生まれ。小樽高等商業学校卒業。北海道拓殖銀行に勤める。プロレタリア文学に目覚め、非合法下の日本共産党に入党。ほかに『一九二八年三月十五日』など。

女性作家の従軍体験記

林芙美子
『戦線』

自伝的小説『放浪記』や長篇『浮雲』をはじめ数々の名作を残した林芙美子は、本来ならば近代日本の女性文学の源流をなす一人として、もっと大きく位置づけられるべき存在なのかもしれない。しかし、そう言い切るのをためらわせるのは、戦争中に従軍作家として何度も戦地に向かった事実だ。

一九三八年に「ペン部隊員」として中国・漢口に従軍し、四二年には「陸軍報道班員」として仏印、蘭印に派遣された。『戦線』は、日中戦争が起きた翌年にあたる三八年九月から一ヶ月余りにわたり、陸軍の漢口攻略に随行した従軍記である。

迫真の戦地ルポなのか、軍への追従原稿か。評価は割れる。腹や胸をえぐる砲声。無造作にうち捨てられた死体。慣れない戦地での生活に彼女は熱を出し、ふるえがとまらず毛布にくるまる。男性ばかりの戦場で、「御不浄」を必死に探さざるを得ない女性としての心細さも刻まれる。だが——。

私は兵隊が好きだ。
　空想も感情もそっと秘めて、
　砲火に華と砕けて逝く。

文中に挟まれる詩のこの詠嘆調は何だろう。『放浪記』は、下女やカフェの女給などを転々としながらも力強く暮らす一人の女性の生に寄り添う作家の眼があった。だが、この詩には、兵隊を「群」として捉え、各々の生を背負った一人の「個」として向き合う視点が抜け落ちている。あるいは、幼少期に貧苦にあえぐ経験を重ね、人間の寄る辺なさに誰より敏感な彼女でさえ、自分の眼を濁らせるのが戦争の本質なのかもしれない。本作は血の昂揚が、物書きの正気を失わせることを伝える貴重なドキュメントだ。

林芙美子は漢口に「一番乗り」を果たした。人気作家のルポルタージュは当時、熾烈《しれつ》な拡販競争を続けていた新聞社のキラーコンテンツとなった。

一九三八年発表／中公文庫（品切、電子書籍有）

林芙美子（一九〇三～五一）福岡県生まれ。尾道市立高等女学校を卒業後、恋人を追って上京するが婚約を破棄される。一九三〇年『放浪記』がベストセラーに。ほかに『風琴と魚の町』『清貧の書』など。

破れた青春と滅びの美
三島由紀夫『金閣寺』

「この若い作者の頭脳の回転と筆勢に感嘆せずにおられない」。三島由紀夫が三一歳だった一九五六年に書いた『金閣寺』が翌年の読売文学賞を受賞した際、文芸評論家の青野季吉は手放しでその才能を称賛した。五九年には英訳され、谷崎潤一郎や川端康成と並び、三島は当時の日本を代表する作家として海外でも認識されるようになる。

終戦から五年後の五〇年に起きた実際の放火事件をもとに、重い吃音を抱えた僧侶を主人公に据え、全く虚構の物語に作り替えた。荘厳な文章、観念に満ちた美の世界。恐るべきものを感じずにはいられない。

改めて読み返すと、この作品は「実らなかった青春小説」とも捉え直すことができる。日本海べりの寒村の寺の子として生まれた主人公は、父の遺言で金閣寺に徒弟として出される。戦争が終わり、大学へ通うことが許された彼は、足に障害を抱えた少し変わった性格の友人ができ、女友達を交えて嵐山に散策へ出かけることもあった。

　だが、そのたびに戦禍の中で見た滅びの美をまとった金閣が目の前に表れる。戦争で多くの同世代の命が奪われたことを忘れて良いのか。空襲の予感におびえ、歪みきった自分を忘れ、人としての健康的な幸せを得て良いのかと問い直すように。

　米国の日本文学研究者、ドナルド・キーンらとも親交を深め、六〇年代に入ると、三島は谷崎や川端とともにノーベル文学賞の候補とみなされるようになった。だが、スウェーデン・アカデミーが日本に派遣した調査員による六五年の報告書には「三島は比較的若い」と指摘された。二六歳年上の川端が、六八年に受賞する。

　戦争がもたらした多くの死を忘れ、自分だけが幸せになって良いのか。若き日の三島が感じた疑問は、日本がなりふり構わぬ経済優先の時代に入るとともに急速に膨らんでゆく。七〇年一一月二五日、『豊饒の海』第四部となる『天人《てんにん》五衰《ごすい》』を書き上げた後、東京・市ヶ谷の陸上自衛隊駐屯地に乗り込み、自決を遂げる。

一九五六年発表／新潮文庫

三島由紀夫（一九二五～七〇）東京生まれ。東京大学法学部を卒業後、大蔵省に入るが九ヶ月で退職。一九四九年『仮面の告白』で地位を確立。小説に『潮騒』『愛の渇き』、戯曲に『サド侯爵夫人』など。

高度経済成長期の個の不安を捉える

安部公房
『燃えつきた地図』

高度経済成長期の日本で、経済活動や社会システムが大きく膨らむ中、自分が風に飛ばされそうな小さい砂粒のように感じられる。その人間の不安をつかみ取ったのが安部公房だ。読売文学賞を受賞し、海外でも評価された一九六二年の『砂の女』をはじめ、六七年には『燃えつきた地図』を発表し、時代の感覚を捉えた作品を相次いで刊行した。

失踪した男の行方を探すことを頼まれた調査会社の職員が主人公だ。消えた男を追ううち、田畑がつぶされて次々と無機質なコンクリートの建物に代わり、その合間を縫うようにして高速道路が造られ、人と人が賃金労働というもろい絆で結びついた社会の現実に出会う。乾ききった街や人の間をさまよい、気がつけば自分自身も道を踏み外す。

安部公房は生後間もなく、満洲にわたり、四五年の終戦と、それに伴う国家の崩壊や人心の荒廃を目の当たりにした。ドナルド・キーンと対談した『反劇的人間』の中で語っている。日本人は「世界中でも連帯感の強い国民」だと思っていた。だが現実には、互いに困った状況でも全く助け合おうとしない「ばらばらになると今度はほんとうにばらばら」だった。

終戦の極限化の状況で突きつけられた日本人が徹底的に「個」である感覚と、戦後の経済発展の中で、人々が農村的な共同体や風景から切り離され、都市の浮遊する「個」となってゆく感覚。この二つが重なり合って、底の抜けたブラックホールのような得体の知れない安部の文学的世界は作り出された。

私たちは現在、人間が孤独な「個」である感覚がこの時代の特有なものではないことを知っている。社会が安定成長期を経て、のっぺりとした停滞の時代に入っても、一人一人の人間は不安で、頼りない存在だと気づいた。この作品が今も多くの人に読まれるのは、ある時代の特殊な感性から生み落とされたもののなのに、世の中の大きな普遍に通じているからだ。

一九六七年発表／新潮文庫

安部公房（一九二四〜九三）東京生まれ、満洲育ち。東京大学医学部卒業。一九五一年「壁」で芥川賞受賞。ほかに『箱男』『第四間氷期』など。演劇集団「安部公房スタジオ」を結成し演劇活動も展開した。

海の人の言葉から近代を問う

石牟礼道子『苦海浄土』

日本四大公害病の一つと言われる水俣病の現実を描くこの作品は戦後、物質的豊かさを求めてひた走ることへのひずみが各地で浮き彫りになってきた一九六九年に出版された。翌年には、第一回の大宅壮一ノンフィクション賞に選ばれ、石牟礼道子は受賞を辞退した。熊本県の天草に生まれ、水俣に育ち、主婦を経て文筆業に入った著者は、公害に苦しめられる人がいる傍らで、賞を受ける気分になれなかった。

刊行から半世紀が過ぎても、この作品に対する評価は高い。作家の池澤夏樹が、個人編集の「世界文学全集」を編んだ際、日本の書き手のもので唯一入れた作品が『苦海《くがい》浄土』だった。二〇一五年に、戦争や原発事故、旧ソ連の崩壊と向き合ってきたベラルーシのノンフィクション作家、スヴェトラーナ・アレクシエーヴィチがノーベル文学賞を受賞した際、通ずるものを感じ取った読者は多かったはずだ。

ノンフィクションやルポルタージュの要素を持つ優れた作品は、普段の自分が出会えない他者の言葉に触れさせてくれる。この作品には、海とともに生きてきた人たちの素朴で深い言葉が詰まっている。

〈海ばたにおるもんが、漁師が、おかしゅうしてめしのなんの食わるるか。わが獲ったぞんぶん（思うぞんぶん）の魚で一日三合の焼酎を毎日のむ。人間栄華はいろいろあるが、漁師の栄華は、こるがほかにはあるめえが……〉

水俣の海を一度でも訪ねた人間は、入り組んだ海岸線が続き、西南の光を映しては波に洗われる海の美しさに息をのむ。このそばで生きてきた人たちは、海とともに生きるほかに多くを望まず、豊かな魚介類を通して、自分たちが自然から命を分け与えられていることを知っていた。

人々の言葉を丁寧に受け止め、巫女《みこ》のように紡ぎ出された言葉は、日本の近代化は本当に正しかったのか、潮の匂いとともに改めて問いかけてくる。

一九六九年初刊／講談社文庫

石牟礼道子（一九二七～二〇一八）熊本県天草に生まれ生後すぐに水俣に移る。水俣三部作である『苦海浄土』のほか『椿の海の記』『あやとりの記』『十六夜橋』など。詩や俳句なども手掛けた。

戦闘の記録、圧倒的な質と量で

大岡昇平
『レイテ戦記』

文庫本にして全四冊。終戦から二〇年余りが過ぎたばかりで、資料も出そろっていない時期に、どのようにして一人の人間がこれほどの戦記を書けたのだろうか。『レイテ戦記』はまず、その質と量で私たちを圧倒する。

日米開戦後、ミッドウェー海戦を機に攻勢に転じた米軍は、一九四四年一〇月二〇日、フィリピンのレイテ島に上陸した。著者は、米国側の記録や師団ごとに刊行された戦記をあたり、関係者にインタビューを重ねる。フランスのスタンダールから学んだ抑えた文章で、日本側に約八万人とも言われる犠牲者を出した二ヶ月余りの戦いの全貌を、一枚の大きな絵を描くようにつづった。

それは、かつて絵の中の小さな点であることを強いられた一兵士が、自分を取り戻す営みでもあった。大岡昇平は四四年に召集され、フィリピンに赴いた。敗色の濃いミンドロ島で、マラリアを悪化させ、仲間にも見放される。その後、米軍の俘虜《ふりょ》になって命をつなぎ、『俘虜記』や『野火』などの小説に書き残すことになった。

人間にとって最も苦しいことは、自分が今、世の中のどのような流れの中で生きているのか、その位置を見失うことだ。大岡はこの長い戦記を書くことによって、日米の両軍にどのような判断や力学が働き、自分が兵士として戦いの中に巻き込まれたのか、自らの物語を取り戻そうとした。レイテ沖海戦で、敵艦を沈めた特攻隊員たちに思いを寄せ、〈想像を絶する精神的苦痛と動揺を乗り越えて目標に達した人間が、われわれの中にいた〉とも書いている。

日本が海外に進出し、展開した戦争は愚かなものだった。だが、そこには国や家族のことを思い、志半ばにして命を落としていった人たちがいたことを忘れてはならない。大西巨人『神聖喜劇』（光文社文庫）や島尾敏雄『出発は遂に訪れず』（新潮文庫）をはじめ、戦争の時代を体験した作家の小説は現在、多くの文庫で読むことができる。

一九六七～六九年発表／中公文庫（全四巻）

大岡昇平（一九〇九～八八）東京生まれ。京都帝国大学仏文科卒業。戦争から復員後に『俘虜記』を発表した。『野火』で読売文学賞受賞。一九七一年に芸術院会員に選ばれた際には辞退している。

抑制した筆致で描く原爆の真実

林京子
『祭りの場』

生前の著者に、取材をさせていただいたことがある。当時七〇代半ばだった作家は雰囲気の柔らかい女性だった。一九四五年八月九日、学徒動員先だった長崎の工場で原子爆弾を受けた経験を尋ねたとき、静かに振り返った。

「あれはない。ああいう殺し方はあってはなりません」

投下された年だけで七万人以上の命を奪った長崎の原爆について、抑制した筆致でつづった本作で、林京子は七五年四月に群像新人文学賞を受賞してデビューし、七月に芥川賞を受けた。全身火ぶくれになったり、焼けただれた皮を垂れ下げたりして、歩く重傷者。「いたかばい、ああいたかばい」と独り言を言う中学生。著者は、同人誌「文芸首都」で一緒だった作家の中上健次に泣き言は書くなと言われたという。即物的な書き方に徹するほど、言葉の底から怒りが伝わってくる。

一四歳だった少女の人生に、決定的な亀裂を入れたこの日は、長い苦しみの始まりに過ぎなかった。放射能の人体への影響が分からない中で、多感だった娘時代、結婚、出産、子育てと、人生の階梯を踏むたびに、恐怖におびえることになる。

二〇〇〇年に野間文芸賞を受賞した作品は、『長い時間をかけた人間の経験』という。原爆のため命の極限にさらされ、放射能の恐怖におびえ続けた自身の生涯を、これほど突き放し、その非人道性を浮かび上がらせた言葉があるだろうか。

二二年二月のロシアのウクライナ侵攻を機に、「核の傘」といった安全保障をめぐる議論が盛んになっている。だが、日々動いていく現実の中で、この兵器が一人の生を徹底的に狂わせるという重い真実が置き去りにされてはいないか。その晩年の作品集は、『希望』と題名がつけられていた。理由を尋ねた際に作家は答えた。

「私は絶望の人生を送ってきたけど、希望を持って生きることだってできたかもしれない」

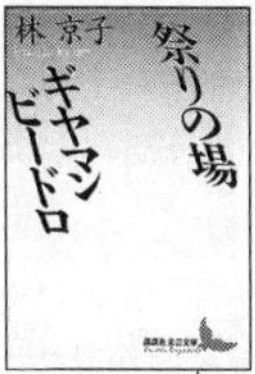

一九七五年発表／講談社文芸文庫

林京子（一九三〇～二〇一七）長崎県生まれ。商社勤務だった父の仕事で幼少期を上海で過ごす。戦況悪化のため帰国後、被爆。『上海』で女流文学賞、『やすらかに今はねむり給え』で谷崎潤一郎賞受賞。

朝鮮半島の苦難と生命力あふれる人々

柳美里『8月の果て』

すっすっはっはっ。この長篇の主役は、大地を走る者たちの激しい息遣いなのかもしれない。すっすっはっはっ。柳美里の祖父は、日本統治下の朝鮮・密陽に生まれ、五輪出場も期待されたマラソンランナーだった。著者は自らもマラソンに挑戦することで、祖父たちが生きた時代と自らのルーツをたどり直そうとする。

足が痛み、息が上がり、意識が朦朧《もうろう》としてゆく中で、祖国を日本に奪われた男の生きた時代が浮かび上がってくる。一九一二年に生まれた祖父は、大日本帝国が戦争へと突き進む中で、四〇年の東京五輪が中止になり、希望を失う。家庭生活は乱れ、創氏改名により父祖の名前を失い、故郷を去る。混乱の時代の犠牲になるかのように、同じ街に住んでいたある少女は慰安婦となって戦場の近くに送り込まれる。兄と同じく健脚を誇っていた弟は次第に左傾化する。

苦難の時代をつき破るような生命力にあふれた人々の生を、自らも在日として日本と朝鮮の間で生きてきた著者は、日本語と朝鮮語、擬音語やルビ、ゴシック体など多種多様な音や文字にあふれた文章で描き出す。喜怒哀楽をあらわにした生身の人間たちを、口寄せをする霊媒師のように呼び起こしていく。

誰かの悲しみや苦しみに憑依するようにして、この作家は小説を紡いできた。二〇一一年の東日本大震災後は福島県の南相馬市に通い、自らのラジオ番組を通して原発事故や津波被害に苦しむ被災者の話を聞き続け、移住した。その日々の中から生まれた『JR上野公園口』は、福島出身で家族のために出稼ぎを続け、ホームレスとなった男の生を通して日本社会の冷たさに目を向け、英訳が全米図書賞を受けた。『8月の果て』も現在、英訳が進められているという。刊行が実現した日には、他者の苦しみを自分のものとして書き続けるその文学の魅力が、世界で知られることになるだろう。

二〇〇二〜〇四年発表／新潮文庫（上下）

柳美里（一九六八〜　）神奈川県生まれ。高校中退後、「東京キッドブラザーズ」に参加し、その後、演劇集団「青春五月党」結成。「家族シネマ」で芥川賞、『ゴールドラッシュ』で木山捷平文学賞受賞。

本来の進むべき道を問い直す

村上春樹『１Ｑ８４』

一九七九年に『風の歌を聴け』でデビューした村上春樹は、八七年のベストセラー『ノルウェイの森』以来日本の文学界で最も注目を集めてきた作家の一人だ。重層的な物語の魅力にあふれた『ねじまき鳥クロニクル』、オウム真理教の地下鉄サリン事件被害者に取材したノンフィクション『アンダーグラウンド』など次々と作品を刊行してきた。

その村上人気は二〇〇〇年代に入り、〇九年にＢＯＯＫ１と２、一〇年にＢＯＯＫ３が刊行された『１Ｑ８４』で一つの頂点に達した。国際的な文学賞のカフカ賞を〇六年に受賞し、国内ではノーベル文学賞の期待が高まっていた。版元の新潮社は、作品の情報を知らせずに読者の期待をあおり、街の書店で本が入荷できない状況も起きた。

小学生のときに引かれ合い、離れ離れになった予備校の数学講師の天吾とスポーツインストラクターの青豆を主人公にした物語だ。一九六〇年代の学生運動、社会変革の時代から派生したコミューン運動や新興宗教の問題などを背景にして、私たちは例えば一九八四年ごろ本来の進むべき道からそれ、「9」から「Q」の世界に迷い込んだのではないかなどと想像させる。その先の日本には、バブルの狂騒やオウム真理教事件、九・一一米同時多発テロを機に各国が現実主義の牙を剝き出しにする時代が待っていた。世の中の「悪」の問題をはじめ様々な要素を抱える本作は、時代に応じて新たな角度から読み直させる膨らみを持つ。ジョージ・オーウェルの『一九八四年』で描かれる有名なビッグ・ブラザーと、対比するように出てくるリトル・ピープルは、匿名の小さな声の暴力にあふれるネット社会を思わせる。また、物語のヒロインの青豆は、キリスト教系のカルト教団に親が入っていた設定だ。著者は『アンダーグラウンド』を刊行しただけではなく、心理学者の河合隼雄との交流を重ねるなど人間の精神の問題に深く関心を示してきた。二〇二二年七月の安倍晋三元首相の銃撃事件以降、「宗教二世」の心のあり方に関心が高まる中で話題を呼んだことも記憶に新しい。

二〇〇九〜一〇年発表／新潮文庫（全六巻）

村上春樹（一九四九〜　）京都府に生まれ兵庫県に育つ。『世界の終りとハードボイルド・ワンダーランド』で谷崎潤一郎賞、『ねじまき鳥クロニクル』で読売文学賞受賞。海外の文学賞受賞も多数。

時代の深層を鋭く衝く

吉田修一
『怒り』

新聞や週刊誌の連載を、吉田修一は得意としてきた。それは作家の小説が、創作なのに、時にはニュースよりも鋭く社会の深層を衝《つ》いてきたからだ。

ある殺人事件を通して、この世の本当の悪とは何かを問う二〇〇七年の『悪人』には、社会の停滞や閉塞感、格差社会を多くの人が感じ始めた二〇〇〇年代の雰囲気が透けていた。一人の天才的な歌舞伎役者の生涯を描いた一八年の『国宝』は、近年の日本人の和文化への回帰と響き合っていた。誰もが漠然と感じながらまだ言葉にできていない社会の気分や空気を、物語の形で縁取ってきた。

『怒り』は、実在の事件を連想させるような展開の中で話が進む。東京の八王子郊外で若い夫婦が無残に殺され、現場に「怒」の血文字が残された。二七歳だった犯人の山神一也は整形して逃亡し、行方は分からない。テレビのワイドショーをにぎわせた一年後の夏、房総の港町に住む父娘や大手企業に勤める同性愛者の男性、沖縄の離島で暮らす女子高校生のところに、身元が分からない三人の男がそれぞれ姿を現す。

目の前にいる男は、山神一也ではないのか。三つの場所を舞台に、信じたい気持ちと抑えがたい疑いの間で揺れる人々の心模様が描き出される。怒りを向けるべき先は、大切な人を信じられなかった自分の弱さにあるのか。信じないように仕向ける世間の目にあるのか。それとも、人がいきいきと暮らせない現代の社会全体にあるのか。物語が進むにつれ、大小様々な怒りが重なり合い、波紋となって広がってゆく。

この作品は、読売新聞で二〇一二年一〇月から一年の間連載され、翌年に単行本化された。このころ、沖縄の米軍普天間飛行場の移設問題をめぐる混乱、東日本大震災の被害や原子力発電所の事故の余波が収まらず、社会にはやり場のない怒りが広がっていた。時代と共振するようにして書かれた物語は、同時に、時代を超えて人間の広く通じるものに届いている。

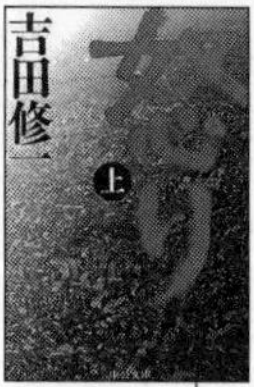

二〇一二～一三年発表、中公文庫（上下）

吉田修一（一九六八～　）長崎県生まれ。「パーク・ライフ」で芥川賞、『悪人』で毎日出版文化賞、大佛次郎賞受賞。ほか受賞作多数。純文学とエンターテインメントの分野を横断して執筆。

コラム③【文庫で読む日本の詩】

言葉と言葉、行と行の宇宙

『茨木のり子詩集』

現代は、詩が読まれない時代だという。でも、実は文庫本で様々な作品を読むことができる。早世の詩人中原中也の詩集や高村光太郎の有名な愛の詩集『智恵子抄』は、新潮文庫などで手軽に買うことができる。活気的なのは、角川春樹事務所の「ハルキ文庫」だ。吉増剛造や寺山修司、長田弘といった現代詩を代表する詩人から、金子みすゞのような愛唱性の高いものまで様々な作品を収めている。

さらに近年、注目されるのは岩波文庫だろう。『自選　谷川俊太郎詩集』『谷川俊太郎選　茨木のり子詩集』など、著名な詩人たちのアンソロジーの刊行を続けている。その中の一冊、『茨木のり子詩集』を開いてみる。一九二六年に生まれた詩人は、青春を戦争の中で過ごした。敗戦の放送は学徒動員先の海軍療品廠で聞いたという。

　わたしが一番きれいだったとき
街々はがらがら崩れていって

　　とんでもないところから
　　青空なんかが見えたりした

空襲によって崩れた建物の間から見える真っ青な空。それをぼんやりと眺めている若い女性。詩とは、言葉と言葉、行と行の衝突から生み出される日本語の宇宙だ。どれほど説明を積み重ねるより、一篇の優れた作品に触れるほうが、この事実が身に染みわたって感じられる。

　柔らかな言葉の中に潔いものが貫く詩の一行に揺さぶられるとき、ふとある疑問が胸をよぎる。結局、私たちは、生木を裂かれるような心の苦しみを味わった者の言葉にしか打たれないのではないか。言えることは、一度でも詩の魂に触れたならば、実際に書こうと書くまいと、心のノートに自分だけの一行を刻まずにいられないことである。

二〇一四年刊行／谷川俊太郎選、岩波文庫

茨木のり子（一九二六～二〇〇六）大阪府生まれ。帝国女子医学薬学専門学校卒業。一九四八年頃から詩作を始め、五三年に川崎洋と詩誌「櫂」を創刊。詩集に『見えない配達夫』など。

生命のきらめき

完璧さを求めすぎた作家の名短篇

芥川龍之介
『羅生門』

地震や火事、飢饉が続き、荒れ果てた京の都。羅生門のもとで、鬘《かつら》を作るため死人の髪を一本ずつ抜く老婆を見かけた下人の男は、ある覚悟を固める――。

一字一句、無駄のない言葉遣い。均整の取れた構成。完璧な短篇とは、本作のためにある言葉だろう。平安末期の説話集「今昔物語」の話をもとにした一篇は、芥川が一九一五年、東京帝国大学英文科の学生だったときに発表された。

久米正雄や菊池寛など東京帝大の学生らが参加した同人誌「新思潮」の創刊号に「鼻」を発表し、夏目漱石に激賞されて文壇に登場するのは翌年のことだ。

「羅生門」や「芋粥」、「地獄変」など、芥川には日本の古典に題材を取った名短篇が多い。一方で、彼は海軍機関学校で英語の嘱託教授を務めた。その作品世界は、海外の文学の影響を受けている。彼の蔵書の大半は現在、東京・駒場の日本近代文学館に保管されている。洋書も多く、ＳＦの父Ｈ・Ｇ・ウェルズの短篇集には各作品の末尾に、「愚作!」や「俗」などのメモの文字が並ぶという。

芥川は旧制高校の英語の副読本の編集も手掛けた。中には、ポーやスティーヴンソンなど様々な作家の作品を収める。副読本の収録作の一部を紹介した澤西祐典、柴田元幸編訳『芥川龍之介選 英米怪異・幻想譚』(岩波書店)も二〇一八年に刊行された。

もし長生きしていれば、英文学の影響をもっと前面に出した奔放な作品を数多く発表したのかもしれない。最晩年には、中国を舞台に馬の脚を人間につけるという奔放なモチーフが出てくる「馬の脚」といった作品も残した。この作品は、村上春樹の翻訳者としても知られる米国の日本文学者、ジェイ・ルービンが編んだ『芥川龍之介短篇集』(新潮社)に収められ、近年再評価されている。

だが、若き日に書いた短篇のあまりの完璧さに自身も縛られたのか。神経衰弱が昂じ、三五歳で不幸な死を遂げるのである。

一九一五年発表/新潮文庫ほか

芥川龍之介(一八九二~一九二七)東京生まれ。「鼻」を夏目漱石に激賞され、第一創作集『羅生門』で不動の地位を築く。様々な才気あふれる短篇小説を書いたが、「ぼんやりした不安」を抱き服毒自殺。

戦争の時代に描かれた魂の交歓

堀辰雄
『風立ちぬ』

長患いの床にあって、深い愛で結ばれている節子と物を書く青年である〈私〉との間には、もはや言葉や肉体を交わす必要さえなくなっていた。燃え上がれば、いつか失われてゆく性の高揚より、相手の存在をただ大切に思う魂の交歓によってこそ、人間は満たされるものであることを二人は知っていたからだ。

自らの婚約者を亡くした痛切な体験をもとに、堀辰雄が『風立ちぬ』を書き上げたのは一九三八年のことだ。前年に、盧溝橋事件をきっかけとして日中は全面戦争に入った。日に日に世の中が軍事一色に染まってゆく中で、作家はこの一篇と向き合い続けた。

〈夜、一つの明りが私達を近づけ合っている。その明りの下で、ものを言い合わないことにも馴《な》れて（略）薄暗いベッドの中に、節子は其処《そこ》にいるのだかいないのだか分らないほど、物静かに寝ている〉

小説は発表時の何年か前を舞台としている。だが、暗さを帯びてゆく時代背景のようなものは一切描かれない。高原のサナトリウムで、肺を病んだ恋人との療養生活を続ける〈私〉の静かな日々を、美しい自然とともに紡いでゆく。

この作品は、昭和の戦争の時代から終戦後にかけて、当時の若い世代の心をとらえたという。多くの人の命が無造作に失われてゆく戦争の時代に、一人の女性を愛し抜く営みに胸を打たれた人たちがいた。愛と死、絶望からの生の回復。今では文学的に過ぎるように感じられる主題が、ずっと重い意味を持つ時代があったのだ。

もしかすると甘すぎる物語だと感じることがあるかもしれない。女性が死に、男性が生き残る物語の構造は、隠れた男性中心主義の視点が潜むのではないかと批判することもできるはずだ。

それでも、この清新な物語が戦争を挟んだ暗い時代に人々の間で愛され、現在も読み継がれていることは、大きな希望のように感じられる。

一九三六〜三八年発表／新潮文庫ほか

堀辰雄（一九〇四〜五三）東京生まれ。東京帝国大学国文科卒業。旧制一高在学中に室生犀星や芥川龍之介と知り合う。芥川の死に対する衝撃から、生や愛、死を主題とした『聖家族』などを執筆。

振り回す女、振り回される男

安岡章太郎『ガラスの靴』

村上春樹に、『若い読者のための短編小説案内』（文春文庫）という一冊がある。一九九〇年代初め、米国の大学に招かれた際に行った日本文学に関する授業をもとにした著作だ。そこで取り上げられたのは、戦争中に青年期を過ごした安岡章太郎や吉行淳之介、庄野潤三など「第三の新人」と呼ばれる作家たちだった。

日本の小説を系統的に読んでこなかったと語る作家が、安岡の短篇「ガラスの靴」については、「これはきわめて切羽詰まったファンタジーです」と評価している。

物語の主人公の〈僕〉は、猟銃店の夜番として働くアルバイト学生だ。ある日、米軍軍医の中佐の家に鳥打ち用の散弾を届けたことから、家でお手伝いをしている少女のような娘と知り合い、少し変わった雰囲気の彼女に振り回されることになる。

この短篇が、雑誌「三田文学」に発表されたのは五一年だ。日本はまだ、米軍の占領下にあった。同じ年に発表された小説を振り返ると、実際の戦場を体験した大岡昇平の

『野火』があり、戦後派を代表する作家野間宏の『真空ゾーン』（後の『真空地帯』の一部）があった。戦争の暗い影がまだ、社会にも文学にも色濃く落ちる時代だ。

安岡自身も学徒動員で満洲に出征した。病気を患って日本に送還され、所属していた部隊は後にフィリピンに送られ、多くの兵士は亡くなったという。戦争で傷つけられた深刻な経験を持つのに、日本が米国に占領されている時代の風景を遠景に置きながら、これほど柔らかな作品を書いていた。

「ああ、あたし、熊に会いたいな。あなた、熊がお魚かついで歩いてるの、見たことある？」

今の言葉で言えば、「不思議ちゃん」とでも言えそうな女性だ。振り回す女性と振り回される男性のカップルは現在、世の中に満ちあふれている。第三の新人を代表する作家が若き日に残した一篇のみずみずしさ、先見性にも驚かされるのである。

一九五一年発表／講談社文芸文庫

安岡章太郎（一九二〇～二〇一三）高知県生まれ。慶應義塾大学予科在学中に入営し結核を患う。戦後、小説を書き始め「陰気な愉しみ」「悪い仲間」で芥川賞受賞。ほかに『海辺の光景』『流離譚』など。

自分の内面を徹底して見つめる

大江健三郎
『個人的な体験』

ロシアがウクライナ侵攻を始めた際、大江健三郎が語った「核時代の想像力」という言葉をもっと真剣に思い出すべきだった。東西冷戦のもと、米国とソ連が核競争を展開した一九六八年に、作家はこの題で講演を行った。人類の生存が、核のボタンを持つ一握りの人間に支配されていることへの決定的な違和感を述べ、使われた際の惨状への想像力を持つことを訴えた。

ロシアや北朝鮮などの核使用の恐怖が現実的になる中で、この言葉と文学ほど同時代的なものはない。

『個人的な体験』は、この講演の四年前に発表された作品だ。予備校講師の鳥《バード》は、生まれた我が子が頭部に異常を抱えることにうろたえる。現実から逃げ出しそうになりながら、長い青春にけじめをつけるかのように、子どもとともに生きることを決意する。

東西冷戦下の核戦争のモチーフが、作中に織り込まれる。たとえば、異常を持った子どもが生まれたのは、「核物質の灰で汚れた雨の影響」ではないかと聞かれたとき、鳥《バード》は人類すべてに関わる問題ではなく、「固有の不幸だった」と考えようとする。耐えがたいほどつらい出来事に人が見舞われたとき、世の中全体が抱える矛盾や葛藤と結びつけたくなることがある。たとえば、自分が毎日これほど鬱々としているのはロシアの戦争のせいだ、などと訴える類いの考え方だ。だがこの小説は、自分固有の小さな葛藤と社会が抱える大きな閉塞を混同し、自暴自棄に陥ることを拒否する。障害を抱えた子どもとの共生、突然の親友の死、終わらない戦争や核の恐怖。日本人二人目のノーベル文学賞受賞者となった作家の生涯は苦難の連続だった。著者は厳しい状況に置かれたときにはいつも、自分の内側に抱え込んだものを徹底的に見つめ、より広い場所に出る通路を得ようとしてきた。今こそ必要な生き方のスタイルが、その作品には詰まっている。

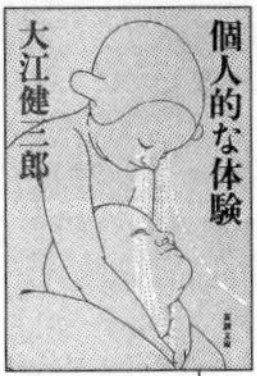

一九六四年発表／新潮文庫

大江健三郎（一九三五〜二〇二三）愛媛県生まれ。東京大学在学中に「奇妙な仕事」で注目され、「飼育」で芥川賞、『万延元年のフットボール』で谷崎潤一郎賞、一九九四年ノーベル文学賞受賞。

シングルマザーの母と娘の日々

津島佑子
『光の領分』

太宰治の次女として生まれた津島佑子は、一歳のときに父親が入水自殺したため、ほぼ父の顔を知らずに育った。小学四年のころ父親の死の真相を知り、「犯罪者の子供でもないんだけれども、そういう気持ち」を抱いたという。

様々な場であまりに父親のことを尋ねられるので、積極的には答えなかった。「芸術至上主義にはならないようにしたいと思っている」と語ったのを聞いたことがある。

著者が三二歳のときに出版し、第一回の野間文芸新人賞を受けたこの連作短篇集は、夫と別居を始めた女性が、幼い娘を連れて四階建ての古いビルの最上階に部屋を借りたところから始まる。そそり立つような階段の先にある部屋は、ひとたび扉を開けると、窓から差す光に満ちていた。題名が示す通り、「光の領分」である部屋での娘との暮らしがつづられる。

夫だけでなく自分自身も離婚する覚悟がなかなか固まらず、保育園に通う娘は、精神的に落ち着かないのか憤怒《ふんぬ》の痙攣《けいれん》を起こすようになる。母親からの独立を目指していたはずなのに、仕事との両立のため母をたびたび頼ってしまう。

「ろくなことにはならないんですよ、女が一人でいると」。作品が刊行された一九七〇年代には、このようなことを平気で口にする大人たちも多くいた。

著者も若い頃に離婚を経験し、シングルマザーとして子どもを育てた。初期の作品は、この体験が大きなモチーフになっている。だがその後、長男を八歳で突然に亡くす悲劇に見舞われた。近代の生命観を超えて生と死が切り離されるのではなく、往還する世界を追い求めるかのように古典文学や口承文芸に関心を深める。『夜の光に追われて』や『ジャッカ・ドフニ海の記憶の物語』などの長篇を残してゆく。

書くことよりも、まず生活者として身を立てようとしたこの母娘を包む光は、後年の著者の苦難に満ちた人生を思うとき、一層、鮮やかさを増すのである。

一九七八年発表／講談社文芸文庫

津島佑子（一九四七～二〇一六）東京都生まれ。白百合女子大学卒業。「文芸首都」「三田文学」に参加。『夜の光に追われて』で読売文学賞、『火の山――山猿記』で谷崎潤一郎賞、野間文芸賞など受賞作多数。

世界で愛された柔らかな感性

吉本ばなな
『キッチン』

個人的な話で恐縮なのだけど、『キッチン』の単行本が刊行された一九八八年の初め、筆者である私は中学一年だった。当時は新刊本を買うお金はなかったから、読んだのはもう少し後だっただろう。今となっては信じられないが、故郷の町の中学校の男子生徒は全員、丸刈りにする決まりだった。忘れ物をした生徒を「けつバット」と称して棒でたたく先生や、運動会の練習の集合時間に遅れただけで、学校の敷地の金網に子どもを何度も打ちつける先生もいた。

振り返れば、終戦からまだ四〇年余りだった。私たちの先生が教わった先生には、軍隊帰りの人もいたはずだ。平和で豊かになったと言っても、教育現場をはじめ社会の様々な場所に、軍隊のような暴力的で人に画一性を強いる文化が残っていた。『キッチン』は、その軍隊的な感性のくびきから自由になった新しい世代が生まれてきたことを示した温かい記念碑のような作品だ。

両親が早くに死んだみかげは、親代わりだった祖母も亡くなって、天涯孤独の身になる。その彼女はふと知り合った雄一や、彼の元父親で現在は母親のえり子と暮らす。平仮名の多い柔らかな文章で、血縁でも恋人同士でもない、ただ個人的な親密さだけで結びついた暮らしが描かれる。物語の最後、真夜中に、みかげがラーメンをゆで、雄一がグレープフルーツをジューサーにかけてジュースを作る場面がある。二人は規則正しい生活といった世間のうるさい常識や、古い性規範意識などからも、全て解放されている。自分が望むことをやり、それが相手を思いやることにもつながっている。

当時、作者の吉本ばななは二三歳だった。戦後、四〇年の時間をかけて生まれた優しい感性は、日本だけでなく、イタリアをはじめ世界で受け入れられた。争いが少なくなった世の中では、人間は本来持っている温かい気持ちを取り戻すことができる。

ばななブームは、人類の本性に対する福音だった。

一九八七年発表／角川文庫、新潮文庫

吉本ばなな（一九六四〜　）東京都生まれ。『TUGUMI』で山本周五郎賞、『アムリタ』で紫式部文学賞、『ミトンとふびん』で谷崎潤一郎賞受賞。父親は評論家の吉本隆明。

転落した女性の声、取り戻す

桐野夏生『グロテスク』

バブル経済が崩壊した後の日本社会は、追い打ちをかけるように人々を不安に陥れる出来事が続いた。一九九五年の阪神・淡路大震災やオウム真理教の地下鉄サリン事件に続き、九七年の神戸連続児童殺傷事件、九八年の和歌山毒物カレー事件……。事件が起きるたび、週刊誌や一部の夕刊紙で、関係者のプライバシーを暴く激しい報道合戦が起きた。それが極まったのは、東京電力の社員だった女性が九七年に東京都渋谷区のアパートで殺害された「東電ＯＬ殺人事件」だった。

二〇〇三年の泉鏡花文学賞受賞作『グロテスク』は、『ＯＵＴ』や『柔らかな頬』で社会派ミステリーの旗手としての名を不動のものにした著者が、この事件に触発されて作り出した物語だ。語り手の「わたし」と人並み離れた美貌を持つ妹のユリコ、学業優秀で何事も一番を目指さずにいられないミツル、優等生なのに要領が悪い和恵。日本で最も優秀で、恵まれた女性たちが集まるＱ女子高で出会った四人の転落の軌跡を描く。

閉ざされた学園という空間で、容姿や性格、学業、親の収入などにわずかな差異を見出し、自分や他人をランクづけすることを繰り返した末に自家中毒を起こし、その後の人生に深刻な影響を受けた女性たち。興味本位の報道で歪められた自分たちの真実の声や叫びを、憑依して取り戻すかのように著者の文章は切迫している。

東電ＯＬ殺害の人権を無視した一部報道には、社会の第一線で働く女性が増え、職場をはじめ自分たちを取り巻く世界が変わっていくことへの男性を中心とした潜在的な反発がにじんでいたはずだ。バブル崩壊に遅れて九六年が約二兆六五〇〇億円で売り上げピークに達した日本の出版界は、取材合戦を繰り広げる金銭的な余裕もあった。「グロテスク」だったのは、夜の街に身を落とした女性だったのか。それとも、彼女たちを精神と肉体の苦海に追い込んだ日本の男性中心の社会だったのか。時代の暗闇の向こう側に私たちをも、深く引きずり込んでいくのだ。

二〇〇一～〇二年発表／文春文庫（上下）

桐野夏生（一九五一～　）石川県生まれ。出世作『ＯＵＴ』は米国エドガー賞の候補となり、海外でも反響を呼んだ。ほか直木賞、谷崎潤一郎賞、読売文学賞など受賞作多数。二〇一五年紫綬褒章。

不思議な生きものとの輝かしい時間

『ブラフマンの埋葬』

小川洋子

畑と草地の中に立つ〈創作者の家〉で、主人公の僕は芸術家たちのために働いている。ある日、胴の一・二倍はある長いしっぽを持つ不思議な生きものと出会って飼い始める。サンスクリット語で、「謎」を意味する名前を与えられた。

作家の四〇代は、豊かな実りの季節だ。二六歳で海燕新人文学賞を受賞してデビューした小川洋子は、四一歳のときに『博士の愛した数式』を執筆し、読売文学賞と第一回本屋大賞を受賞した。さらに、『ミーナの行進』『人質の朗読会』など、多くの人に愛される作品を次々と発表した。中でも泉鏡花文学賞に輝いた本作は、著者らしい命のきらめきと、その薄紙一枚隔てた向こうにある死の悲しみが深く漂ってくる作品だ。

言葉だけで見たこともない生きものの姿をこれほどいきいきと描くことに驚かされる。自由自在に尻尾を動かし、床を打ち鳴らして食事の催促をする様子。落ち葉や土を踏み締めるときの心地よい音。一日の半分は寝て過ごすという深い眠りの表情——。

だが、ブラフマンと僕との栄光の時間は長くは続かない。彼らの世界に割って入るようにして一人の娘の存在がちらつき始め、突然の結末が訪れる。

著者が、アンネ・フランクの『アンネの日記』に強く影響を受けたことはよく知られている。中学生のとき学校の図書室で手に取り、ナチス・ドイツのユダヤ人迫害のため、秘密の部屋に隠れて日々を過ごす少女の日記を読みふけった。将来の夢を考え、男の子へのあこがれを膨らませたアンネの内面的成長も、突然、暴力的に断ち切られた。

その読書の経験が、生の裂け目から簡単に顔をのぞかせる死、死と寄り添うように存在する生について書くことに、作家を誘うのかもしれない。五〇代になってからの作品には、『ことり』や『琥珀のまたたき』、『小箱』など、さらに一層、死の影と生の輝きに覆われるようになった。時に残酷で、美しい作品は、フランスをはじめ海外で広く受け入れられている。

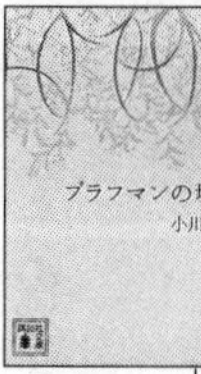

二〇〇四年発表／講談社文庫

小川洋子（一九六二〜　）岡山県生まれ。一九九一年「妊娠カレンダー」で芥川賞受賞。『ミーナの行進』で谷崎潤一郎賞、『小箱』で野間文芸賞ほか受賞作多数。二〇二一年紫綬褒章。

平成の女性たちの姿を捉える

角田光代
『対岸の彼女』

年号の文字通り「平成」は一見、平和で社会的な変化が少ない時代だったように言われる。だが、女性や家族のあり方に焦点を当てると全く違って見えてくる。国の調査などによると、平成元年だった一九八九年、家族の形は専業主婦が標準で、女性の大学進学率は一〇％台だった。しかし、現在は共働き家庭が標準になり、大学進学率は五割を超えている。

角田光代は一九九〇（平成二）年にデビューした。本作をはじめ、『空中庭園』や『八日目の蟬』、近作『タラント』まで、女性の生き方が多様になってきた平成の時代の流れと合わせるように、恋愛や就職、結婚、出産、育児など人生の節目における選択肢が増え、生きていく喜びや葛藤も大きくなった姿を描いてきた。

二〇〇五年に直木賞を受賞した『対岸の彼女』は、その歩みの大きな節目となった作品だ。専業主婦の小夜子は、生まれた娘を公園で遊ばせながら「私って、いったいいつまで私のまんまなんだろう」と感じる。一念発起して、子どもを保育園に預けて働き始める。そこで出会ったのは、ハウスクリーニングの会社を経営する女性の葵だった。結婚して子育て真っ最中の小夜子、子どもや家庭を持つことより経済的に自立して生きることを選んだ葵、クリーニングの現場で働く初老の女性や金髪の女性たち。社会の中で置かれた立場が違う女性たちが、仕事の合間になにげない会話を交わしながら、心を寄せ合う日だまりのような空間が生まれる。

物語が進むにつれ、葵の抱える複雑な過去が明かされてゆく。一人で生きて死ぬ人間は、学校を卒業しても、就職しても、結婚して子どもを産んでも、どのように生きても、自分の心に大きく開いた穴を埋めることはできない。その空虚さと存分に向き合い切ったとき、自分と異なる人たちと連帯する芽が生まれるのではないかと問いかけてくる。その成熟した人間観は、性差を超えて読む者の胸に深く染み込んでくるのだ。

二〇〇三〜〇四年発表／文春文庫

角田光代（一九六七〜　）神奈川県生まれ。『空中庭園』で婦人公論文芸賞、『ツリーハウス』で伊藤整文学賞、『紙の月』で柴田錬三郎賞、『源氏物語』の現代語訳を手掛け読売文学賞受賞。

小さな人間の悪と世界の大きな悪

中村文則
『掏摸《スリ》』

中村文則は、人間の小さな悪を見つめることから始まって、世界の大きな悪と向き合おうとしてきた。ふとしたきっかけで銃を手にした人間が、人生を狂わせてしまう二〇〇二年のデビュー作『銃』や、親に捨てられ、孤児として虐待されて育った若者を主人公にした〇五年の芥川賞受賞作『土の中の子供』など、初期はトラウマを負った者の傷の深さや、その痛みとともに生きることを主題とする作品が続いた。

近年は、カルト教団の問題と向き合った『教団X』や、近未来の戦争や全体主義を扱った『R帝国』など、よりスケールの大きな長篇が目立っている。

〇九年の『掏摸《スリ》』は、大江健三郎が新しい世代の道を拓くために一人で選考した大江健三郎賞を受賞し、英訳されて海外で評判を呼んだ。個人の悪から、より巨大な世界の悪の探究に向かう作家の文学上の結節点となった。

東京を拠点に暮らしている男は、自在に動く人さし指と中指を持つ天才スリ師だ。身寄りは誰もいない。ある時、闇の社会を生きる木崎と呼ばれる男と再会し、世の中を揺るがす衝撃的な犯罪に加わるよう言われる。その後、スリの腕を見込まれた彼は、大切な子どもと女性の命を守るため、さらに難しい仕事に挑むことになる。

他者と自然なコミュニケーションを取ることに困難を抱える人間にとって、誰かに触れなければできない掏摸とは、単なる犯罪を超えるものだ。ゆがんだ性行為と同じく、自分が辛うじて切り結べるぎりぎりの他者との触れ合いなのだ。彼にとって切実な行為である小さな悪が、政治や経済など社会全体にもっと大きな悪意をむける人間に利用され、踏みにじられようとするとき、形を失った無残な踏み跡から、哀しみや憐れみが、瞳に焼きつくほどの閃光を散乱させ始める。

誰にも顧みられない世界の片隅で起きたはずの掏摸の物語は、地をはうようにしか生きられなかった者への共感と憐憫を誘う物語に転じるのだ。

二〇〇九年発表／河出文庫

中村文則（一九七七〜　）愛知県生まれ。二〇〇二年、「銃」で新潮新人賞を受ける。『私の消滅』でドゥマゴ文学賞受賞。ほかに『悪と仮面のルール』『王国』『逃亡者』など。

想像力の冒険

自意識過剰の自分地獄の世界

太宰治『人間失格』

何をしていても、その行動を取っている自分自身が意識されてしまう。自意識過剰な自分地獄の世界を描いたのが、太宰治の『人間失格』だ。

東北の大地主の家に生まれた幼少期から、上京して左翼思想に染まり、退学に追い込まれた旧制高校時代、女や酒、薬に身を持ち崩した現在に至るまで……。語り手の〈私〉は、恥の多い生涯を自己懺悔してゆく。だが、この〈私〉は、本当は面倒くさい自分と折り合いをつけ毎日を生き延びること、その一点にしか興味がない。象徴するのが、中学生のときのエピソードだ。クラスの道化役を演じることで自分の居場所を確保した〈私〉は体操の時間、調子よく鉄棒を失敗したとき、ある同級生に言われてしまう。

「ワザ。ワザ」

自分の失敗がワザとだと見破られ、「世界が一瞬にして地獄の業火に包まれて燃え上るのを眼前に見るような心地」がする。道化の仮面が剝がれ落ちれば、恥ずかしいほど自己愛が膨れ上がった自分を、他人だけでなく自身も直視することになるからだ。

感受性が鋭すぎて、自分が嘘っぽく見える苦しみから逃れるには、究極的には自ら命を絶つしかない。一九四八年六月一三日、太宰は入水自殺を遂げる。没後に刊行された本書はベストセラーとなり、その死は伝説となる。

日本の近代文学史には、同じように、自分から逃れるようにして劇的な死を選んだ人物が、もう一人いる。それは、自衛隊駐屯地に乗り込み、割腹自殺した三島由紀夫だ。二人の死に相通ずるものを感じ取ったのは評論家の江藤淳である。七一年一月の文芸時評で、三島の死の報を聞いた際にこの『人間失格』の「ワザ」の場面を思い出したとつづった。

自らの真率な死でさえ、偽物くさいものが紛れ込んでしまう者の苦しさ。犀利に感じ取った江藤も、九九年に自ら命を絶った。

一九四八年発表／新潮文庫ほか

太宰治（一九〇九〜四八）青森県生まれ。本名は津島修治。東京帝国大学仏文科中退。一九三五年に「逆行」が第一回芥川賞候補となり注目された。ほかに『富嶽百景』『斜陽』など。

私が私であることの不快さ

埴谷雄高
『死霊』

近現代の日本文学の中で最大の哲学小説が、埴谷雄高の『死霊』だ。三輪与志、高志、首猛夫、矢場徹吾の四人の異母兄弟を中心として、全宇宙における「存在」の問題が、濃密な言葉でつづられる。そのキーワードとなるのが、「自同律の不快」「虚体」「夢魔」の三つだ。埴谷を文学の師とあおいだ文芸評論家の川西政明が、自身の見た戦後の日本文学の五〇年を概観した『「死霊」から「キッチン」へ』の中で、これらについて分かりやすく説明している。

「自同律」とは、「私は私である」ということであり、だから「自同律の不快」とは、「私が私であることはいやだ」ということを意味する。

「虚体」とは、実体の反対のものであり、「夢魔」とは、「自同律の不快」と「虚体」の中間にあって、二つをつなぐ役割を果たす。

これらの概念は、単に作家の頭の中だけで作られたものではない。一九〇九（明治四二）年に生まれた埴谷は、日本大学予科に入学後、左翼運動に参加した。三二年に逮捕され、『死霊』は獄中生活の中で構想された。日本社会の矛盾に心を痛め、革命の夢に傷を負い、自由を奪われた生活から、この大長篇は生まれたのだ。戦後の四六年に創刊された「近代文学」に発表され、晩年まで半世紀にわたって断続的に書き継がれた。

しかし、どのような抽象的な説明も、この小説の文章を少しでもたどった経験にかなうことはない。自分が自分であることが嫌な者たちの思惟や感覚、経験の跡が、これほど正確に、重い質量を伴って書かれた作品はない。

自分が自分を嫌だと思うこと。この感覚は現代、近代的な自我を疑う観点からだけではなく、激しい競争社会の中で自己肯定感の低い人間が多く生まれている状況で、新たな切実な意味を持ってきている。『死霊』は今こそ、かつての社会的な文脈から解き放たれ、読み直しのときを迎えている。

一九四六～九七年発表／講談社文芸文庫（全三巻）

埴谷雄高（一九〇九～九七）台湾生まれ。本籍は福島県小高町（現南相馬市）。ドストエフスキーに影響を受け、評論なども手掛けた。『闇のなかの黒い馬』で谷崎潤一郎賞受賞。

人間の理性と罪の意識を問う

遠藤周作

『海と毒薬』

この作品は、第二次世界大戦の末期に九州帝国大学で外国人の捕虜を生体解剖したという実在の事件をモデルとしている。人間の理性や日本人の罪の意識を問い、カトリックの信仰を持つ遠藤周作の代表作と言われる長篇だ。

物語は、事件が起きた大学の医局の若い研究員たちや看護婦の回想によって進む。大学に入るまでの人生の道のり、医局内での小さな権力争い、男女の愛のもつれや嫉妬。生きている人間にメスを入れるというおぞましい出来事と対照的に、書き連ねられるのは、どこにでもありそうなささいな人間模様だ。解剖に立ち会い、戦後、さえない小さな町の医師となった研究員は、事件を振り返ってまるで他人事のように言った。

「仕方がないからねえ。あの時だってどうにも仕方がなかったのだが、これからだって自信がない」

投げやりな言説を聞くとき、ある男に通じるものを連想せずにいられない。ナチス・

ドイツの時代、アウシュヴィッツ強制収容所へのユダヤ人移送の実務を指揮したアドルフ・アイヒマンの言葉だ。第二次世界大戦後、アルゼンチンに潜伏した彼は一九六〇年、イスラエルに移送され、裁判にかけられる。自身の罪を問われた彼は、ナチスの方針に従っただけだと主張してこのように言った。

「自分は支配を行う徒党には属していなかった。自分は犠牲者なのだ」

裁判を傍聴した哲学者のハンナ・アーレントは『エルサレムのアイヒマン』の中で、この男の中に悪の陳腐さを見たと記録している。

無為の罪は、この世で最も重いものの一つだ。だが人間はしばしば、判断を下す地位になかった、仕方がなかったと言い逃れをしてこなかったか。その問いは、神という絶対者が不在の多くの日本人にとってより重く迫ってくる。

一九五七年発表／新潮文庫、角川文庫、講談社文庫

遠藤周作（一九二三〜九六）東京生まれ、幼少期を旧満州で過ごす。慶應義塾大学卒業後フランス留学を経て、「白い人」で芥川賞、『沈黙』で谷崎潤一郎賞受賞。ほかに『深い河』など。

不幸で、幸せな詩人の旅の記
金子光晴『どくろ杯』

世の中にいる普通の大人には、なりたくない。文学や芸術全般にあこがれる人間ならば、一度は思うことだろう。その気分を、できることなら、一篇の詩や小説に書き表してみたいと考えることだってあるかもしれない。だが、いざペンを持ってみると、呆然とする。それは、あまりにありふれていて、凡庸な感情だからだ。金子光晴は、この悩みを文学作品に昇華し、書き残すことができたとても幸せで、不幸な人だ。

愛知県出身の彼は、いくつかの学校をいずれも中退した後、フランスの詩に親しみ、一九二三年に詩集「こがね蟲」で詩壇に認められる。東京女子高等師範学校に在学中だった三千代と恋に落ち、子どもをもうける。晩年の代表作の一つ『どくろ杯』はその恋の顚末から、貧しさにあえいだ新婚生活、三千代が恋人を作り、男との関係の清算をもくろんで上海にわたるまでを描く自伝的な作品だ。

愛に揺れる自身の感情の動きや、目にした風景の数々を表現する言葉の豊かさに、心をつかまれる。「人肌の愛情を生殺しにぬくめている」ように感じられた小さな子どもと妻との家庭生活。「底に血溜りを透《すか》せた黄濁」を漂わせた中国の揚子江。詩人は、どんな家庭的な幸せや美しい旅の風景を見ても、心の底からは満たされない。満足することは、普通の大人になることにつながるからだ。

どくろ杯とは、男を知らない処女のしゃれこうべから作られた酒器だ。人の死を愛玩物に転用した究極の倒錯趣味にも、著者は親しむことができない。人からも旅の風景からも、どこにいても世の中のあらゆるものから疎外されている感覚を、言葉の器から釉薬を剝ぎ取って焼き直した日本語でつづる。

自分の中の心模様を正確な言葉で書き表せることは、果たして幸せなのだろうか。愛の頂点に潜む自らのあさましさ、旅や書くことにつきまとう傲慢さ。文学者という生き方そのものの甘さにさえ、気づいてしまうからだ。

一九六九〜七〇年発表／中公文庫

金子光晴（一八九五〜一九七五）愛知県生まれ。反骨、反戦の詩人としても知られた。詩集に『落下傘』など。『どくろ杯』に始まり、『ねむれ巴里』『西ひがし』と続く、自伝的三部作が有名。

土地と人間の濃密な絡み合い

中上健次
『枯木灘』

戦後生まれの作家としては初めて、一九七六年に二九歳だった中上健次が『岬』で芥川賞を受賞したとき、記者会見の際にはすでに酒を飲んでできあがっていたという。「あなたがた記者みたいに大学を出てモノを書いているだけでは男ではない。肉体労働をしてメシをくって生きるのが男の生き方だ。あなたたちは東大か何か出ているかもしれないが、それはウソの生活だ」と言い放った。

秋幸三部作と言われる『岬』『枯木灘』『地の果て至上の時』からは、その中上文学の濃密な生のエネルギーにあふれた世界を感じ取れる。流れ者の浜村龍造の子として生まれた主人公は、母親のフサの再婚相手の家で暮らしている。自身が一二歳のとき、兄は首をつって自殺した。二六歳になった主人公は、紀伊半島の南端の街で土方仕事を続ける。複雑に絡み合った地縁、血縁関係の中で、秋幸は窒息しそうになりながら生きている。その閉塞した怒りを、この土地を裏で支配する実父の龍造に向けてゆく——。

大地を穿《うが》つ秋幸のつるはしと一体になったような力強い文体。狭い空間に人間の体温と時間の流れを凝縮させたウィリアム・フォークナーの長篇のような構成。この三部作は、戦後文学の一つの到達点と言って間違いない。だが、中上の名前を日本の文学史の上で特別にしたものは、その後の苦闘にあるはずだ。

高度経済成長を経た日本は、各地にあった地縁、血縁を解体してゆく。人々は地方から都市に流れてばらばらになり、街自体も豊かになるとともに均一化された無個性なものになる。中上が育った紀州の「路地」もまた、失われた。

近代文学とは、家族や親戚、故郷などから人間がいかに解き放たれ、一つの個を確立するかを描くことだった。だが、自らを縛るものが失われたとき何が書けるのか。現代作家の悩みに、中上はいち早くぶつかる。東京の新宿の街中やアジアに文学的な場《トポス》を求めながら、『日輪の翼』や『奇蹟』、『讃歌』などの長篇を書き、四六歳で早世した。

一九七六〜七七年発表／河出文庫

中上健次（一九四六〜九二）和歌山県生まれ。県立新宮高校を卒業後、上京。『枯木灘』で毎日出版文化賞などを受賞。ほかに『十九歳の地図』『鳳仙花』『千年の愉楽』など。

批評は小説を面白くするか

筒井康隆
『文学部唯野教授』

一九八〇年代初め、新しい学問の潮流を切り開く「ニューアカ」の動きが起きた。『構造と力』を出版した批評家の浅田彰や宗教人類学者の中沢新一など、個性的な論客が次々と登場した。この流れが八〇年代後半で収束した後も、九〇年代半ば頃までは現代思想や批評に対する世間一般の関心は今よりずっと高かった。九〇年に刊行され、この年の単行本ベストセラー七位に入った筒井康隆の『文学部唯野教授』も一つの表れだ。

主人公の独身中年の唯野は、大学で英米の批評を教える傍らで、覆面作家として小説を執筆している。象牙の塔に閉じこもる教員たちの醜い権力闘争を徹底的に戯画化して刻みながら、唯野の講義の形を取って文芸批評の歴史を紹介してゆく。

単純に読んで面白いかを書く印象批評に始まって、理論に基づいた批評が始まる契機となった英米の新批評《ニュー・クリティシズム》やロシア・フォルマリズム、さらには現象学、解釈学、受容理論、構造主義にポスト構造主義……。小説でありながら、時代とともに螺旋《らせん》を描くように複雑になる文芸批評の格好の入門書ともなっている。

批評理論につきまとう疑問の一つとして、理論を学べば良い小説を書けるのかという問題がある。自分の切実な体験をありのままにとか、本能や情熱の赴くままにといった古典的な文学観が今も根強く残る中で、この作品自体が批評が文学をいかに面白くする可能性を持っているか、その答えを見せてくれる。

一方で、この時代、男性たちを中心としたホモソーシャルなアカデミズムの世界は、いかに矮小《わいしょう》な学問や学内闘争に明け暮れていたのか。現代の大学で、人文学的な知が軽視される事態を招いた一因がここにあったのではないかともあきれさせられる。

熱い知的興奮と象牙の塔への失望。相反する感情を同時に与える作品と文学的技法に、SFやスラップスティック、メタフィクションなど、ありとあらゆる作品を手掛けてきた著者ならではの凄みを感じさせるのだ。

一九八七～八九年発表／岩波現代文庫

筒井康隆（一九三四～　）大阪府生まれ。『夢の木坂分岐点』で谷崎潤一郎賞、『わたしのグランパ』で読売文学賞ほか受賞作多数。二〇〇二年紫綬褒章、二二年日本芸術院賞・恩賜賞。

エンターテインメントと深みのある文学性

伊坂幸太郎
『マリアビートル』

いつの時代にも、「今どきの若者は……」などとつまらない顔をして嘆く大人はいるものだ。だけど、様々な課題があっても世の中は少しずつ良くなっているのではないか。学校で生徒を殴る教師はあまりいなくなったし、コンビニでレジ袋をもらわないとか普段の生活の中でのささやかなＳＤＧｓ意識（？）も高まっている。

戦後、長い時間をかけて世の中の人々に培われてきた健康な善良さのようなものが、伊坂幸太郎の小説には軽やかに表現されている。首相暗殺犯に仕立てられた男性の逃避行を描く二〇〇八年の本屋大賞受賞作『ゴールデンスランバー』、不思議な死神が出てくる連作短篇集『死神の精度』。一〇年に書かれた『マリアビートル』は英訳され、二二年の英国推理作家協会のダガー賞（翻訳部門）最終候補に残り、ブラッド・ピットの主演で映画化もされた。

物語は、東北新幹線の同じ列車に乗り合わせた殺し屋たちが繰り広げる騒動をスピーディーに描く。一見、優等生なのに冷えきった心を持つ中学生や、幼い息子の敵討ちを企て、酒浸りになりながらも真っすぐさを失わない元殺し屋が登場する。ミステリー的なエンターテインメント性と、人間の善悪を根源から問う深みを兼ね備えている。

「世の中にはさ、正しいとされていること、は存在しているけど、それが本当に正しいかどうかは分からない。だから、『これが正しいことだよ』と思わせる人が一番強いんだ」

歪んだ考えを持っている中学生と仲間に対し、元殺し屋の男が言い放つ場面がある。

「おまえら全員、精子臭えんだよな」

著者の小説を読んでいて、思わず頬が緩むのはこんなときだ。正面切って正論を語るのは野暮ったい。でも、頭でっかちなつまらないことを言う奴は許さない。この作品が支持される社会は、きっと簡単に一つの色には染まらない健全さを保つはずだ。

二〇一〇年発表／角川文庫

伊坂幸太郎（一九七一～　）千葉県生まれ。二〇〇〇年「オーデュボンの祈り」で新潮ミステリー倶楽部賞を受賞しデビュー。『アヒルと鴨のコインロッカー』で吉川英治文学新人賞受賞。

読む快楽に満ちたホッキョクグマ三代記

多和田葉子
『雪の練習生』

旧ソ連に生まれてサーカスの花形を経験し、自伝を書き始めた〈わたし〉に始まり、人間と一緒にサーカスで曲芸を披露し続けた娘のトスカ、愛らしい姿でドイツの動物園の人気者となったその息子のクヌート……。野間文芸賞を受賞した『雪の練習生』は、読書の快楽を存分に与えてくれるホッキョクグマ三代の物語だ。

人間と動物の境界を軽々と飛び越えてしまう言葉巧みで感覚的な文体。ホッキョクグマ三代の個人史が、東西冷戦から冷戦終結後へ向かう世界の現代史と重なる知的な構成。時々交じる心の奥深くを衝く場面の数々。著者は、早稲田大学卒業後の一九八二年に当時の西ドイツにわたった。自分の母語の外に出る「エクソフォニー」を提唱し、二つの言語の間で、書き、語り、考え、言語上の冒険を果敢に続けている。世界文学とは、本作のような作品を指すのだろう。日本語で執筆した後、自ら“Etüeden im Schnee”の題でドイツ語に翻訳し、そのドイツ語版が別の訳者によって“Memoirs of a Polar Bear”

の題で英訳された経緯も目をひく。

二〇一八年に全米図書賞の翻訳部門を受賞した『献灯使』とともに、作家の名前を広めた一作となった。

三部構成となっており、中でも、物語性に富むのがクヌートを主人公にした「北極を想う日」だ。母親が育児放棄をしたためクヌートは、人間の手によって育てられる。赤ん坊だったクヌートは、献身的な飼育員の世話によりすくすくと育ち、人間を親のように感じ始める。好奇心を広げ、外で旺盛に遊び、動物園の人気者になる。だがやがて、自分の親は飼育員ではないことに気づき、自分とは何かを考え始め、物思いにふけるようになる。大人になるとは幸せなことなのか。幼児の幸福な時間は、なぜ長く続かないのか。海外の生活が長いはずの著者の作品は時折、濃厚に「もののあはれ」を漂わせることがある。

二〇一〇年発表／新潮文庫

多和田葉子（一九六〇〜　）東京都生まれ。ドイツ在住。一九九三年「犬婿入り」で芥川賞。『容疑者の夜行列車』で谷崎潤一郎賞、『雲をつかむ話』で読売文学賞などを受賞。詩や戯曲も手掛ける。

世界で読まれる新たな日本文学

村田沙耶香
『コンビニ人間』

世の中の常識として人間が「人間らしい」と思っていることを、どこまで剝ぎ取っても、人間は人間であり続けられるのか。村田沙耶香は、この哲学的命題を探る旅を続けている。『コンビニ人間』は、その長い旅路の一里塚のような作品だ。

コンビニでのアルバイトを一八年続ける古倉恵子は、三六歳になった。「いらっしゃいませ！」。マニュアル通りにレジを打ち、お客さんにあいさつをしたときこそ、「世界の正常な部品としての私」を感じ取ることができる。

二〇代から三〇代のしかるべきときに異性と恋愛して結婚し、子どもを産んでこそ普通の女性だとか、安定した正社員の仕事を持ってこそ人間だとか。古倉恵子は、世間が大人の女性に対して持っている通念の枠から外れた存在だ。コンビニのマニュアルに全身全霊で従ってこそ、「普通の人間」になれることに喜びを覚えている。その突き抜けた姿には、人間は生きていればそれで良いという人生肯定の哲学が貫かれている。

“Convenience Store Woman”と名づけられた作品は、世界でベストセラーとなった。その後、松田青子や川上未映子をはじめ、日本の現代女性の文学作品が海外で注目される流れを作った。

『星が吸う水』で異性間の性愛だけが性愛なのかを、『殺人出産』で出産という行為を問い直した著者は、大きく言えば人間の実存を探っている。その勢いは、二〇一六年に本作で芥川賞を受賞後、さらに果敢に加速している。一八年の『地球星人』で恋愛という閉ざされた二人による隠微な関係を超えるものを求め、二二年の短篇集『信仰』では宗教やお金の価値を問うた。揺るぎのない姿を見るとき、芥川賞の贈呈式で、この作家が周囲への感謝を表しながら語った言葉が思い出される。

「私は、応援してくださる人を裏切る言葉を探してしまうかもしれない。探せたらいいなと思う」

二〇一六年発表／文春文庫

村田沙耶香（一九七九〜）千葉県生まれ。二〇〇三年「授乳」が群像新人文学賞優秀作になる。『ギンイロノウタ』で野間文芸新人賞、『しろいろの街の、その骨の体温の』で三島由紀夫賞を受賞。

人間が親密な関係を築くとは

川上未映子
『夏物語』

優れた作家とは、ここぞという大きな舞台で新たな挑戦をする勇気を持っている。文壇デビューから一五年余りの川上未映子の歩みも、振り返れば冒険の連続だった。

大阪出身で歌手の経歴を持つ作家は初め、関西弁を生かした個性的な文体の使い手として読者の前に現れた。二〇〇七年に『わたくし率 イン 歯ー、または世界』で注目を集めると、『乳と卵』で〇八年に芥川賞に輝いた。受賞すると、今度はそれまでの文体から長篇を書くための文体を模索し、中学生のいじめを題材とした『ヘヴン』を発表した。村上春樹と文学的対話を重ね、共著『みみずくは黄昏に飛びたつ』を出版した。

『夏物語』は、英訳が海外で高く評価され、著者が世界的に注目されるきっかけとなった飛躍の一作だ。芥川賞受賞作『乳と卵』の世界をもとにしており、英訳版にはあえて、この作品に“Breasts and Eggs”（乳と卵）と題名をつけた。

大阪の下町で生まれた夏子は、ホステスの姉の巻子とその娘の緑子を地元に残し、小説家を目指して上京する。第一部ではその二人が、夏子のところに遊びに来たことが描かれる。第二部はそれから一〇年近くが過ぎ、四〇歳を前にした夏子が自分の子どもに「会いたい」と思うようになり、人生が動き始める姿がつづられる。

自分にとってかけがえのない存在を見つけ、その心や体を深く愛して、機会に恵まれれば子どもを産み、育てる。いつの時代も変わらない、人間が生きるうえでの大きな喜びだろう。本作には、これらのことにある事情からなじめない人たちが登場する。

過去につらい体験があり、子どもを産むことは親の身勝手な賭けだと語る百合子。第三者からの精子提供で生まれ、本当の父親を知らない逢沢。夏子自身も、性行為に興味を持つことができない。人には様々な事情があることを知ったうえで、それでも女性と男性が真に親密な関係を築くとは、どういうことなのか。哲学的な思索を深め、登場人物に言葉を与え、出された答えは、現代日本文学の屈指の名場面として結実している。

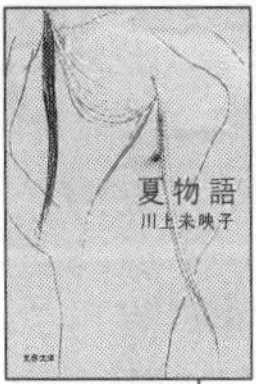

二〇一九年発表／文春文庫

川上未映子（一九七六～　）大阪府生まれ。『ヘヴン』で芸術選奨文部科学大臣新人賞など、『愛の夢とか』で谷崎潤一郎賞を受賞。ほかに『すべて真夜中の恋人たち』『黄色い家』など。

コラム④【文庫の中の小さな部屋】

大きな世界に直接つながる

『苦役列車』『ひとり日和』
『わたしがいなかった街で』『図書準備室』

現代文学の最前線で執筆を続ける作家たちの小説に、小さな部屋のイメージがしばしば出てくるのはなぜだろうか。

小部屋とは出口のない、閉じ込められた場所であり、金銭的にも、社会的にも恵まれない者たちの居場所だ。急逝した西村賢太の芥川賞受賞作『苦役列車』（新潮文庫）の主人公、北町貫多は、東京・飯田橋の四畳半一間で暮らす。体を横たえることしかできない狭い一間で一九歳の貫多は日雇い仕事を続け、先の見えない生活を送る。青山七恵の『ひとり日和』（河出文庫）の二〇歳の知寿は、駅のホームが見える小さな家の一部屋に引っ越し、七一歳の吟子さんと共同生活を始める。

柴崎友香の『わたしがいなかった街で』（新潮文庫）は、離婚して新しい生活を始めた三六歳の女性が出てくる。一人暮らしにしては荷物が多い彼女の部屋は、積み上がった段ボール箱ですぐに埋まってしまう。整理も進まないまま彼女は、夜ごとに世界各地の戦争や紛争のドキュメンタリーを見る。

一九六七年生まれの西村が大人になる時代は、日本がバブル期に向かっていた。だが、その華やかな狂乱の奥底に取り残された若者たちが、常に存在した。その後、日本社会は長い停滞の時代に入る。七〇年代生まれの団塊ジュニアと呼ばれた柴崎も、八〇年代初めに生まれた青山も、華やかさとは無縁の時代を生きてきた世代だ。現代の文学は、実生活だけではなく、精神的にも、社会的にも小さな場所に押し込められた人たちに伴走するように書かれてきた。

密閉した容器に過剰な空気を押し込めば圧力がかかり、爆発するか、極度の緊張が生まれる。小さな部屋とは、社会が低成長に向かう中で、やむをえず人々が強いられた単なる住みかなのかもしれない。だが、それは人間の歴史や記憶、感情や想像力を凝縮させ、吹きこぼれるように新しい文学の言葉を紡ぎ出す可能性を秘めた場所でもあるのだ。

七二年生まれの田中慎弥の初期作品『図書準備室』(同)は、題名からして象徴的だ。学校の図書室に附随し、なぜあるのか、その意味もよく分からない小部屋が、物語の重要な舞台となる。三〇歳を過ぎても働かず母のお金で暮らす男は、中学校の図書準備室で国語教員の男から戦争の話を聞いた思い出を語り出す。それは、戦争の飢えによる鬱屈、暴発した性欲が一人の男に向けられる陰惨な記憶だ。密閉された出口のない小部屋で、教師は何を求めて中学生にこの話をしたのか。語り出した本人もおそらく分からない言葉は、聞かされた人間の中に着実に根を張り、生々しく広がっていく。

田中は高校卒業後、三二歳で新潮新人賞を受賞してデビューするまで一切働くことなく母親と同居し、本を読んだり、小説のようなものを書いたりして暮らしたという。社会から疎外された暮らしの中で、自らの心の奥に古ぼけた図書準備室を育んできたのだ。小さな部屋は、大きな日本の近代へと真っすぐに結びついている。

インターネットの普及によって現代人は、自分の暮らす部屋から世界に直接つながれるようになった。世界中の紛争や戦争のニュースも、政治家の発した言葉も、歴史的な出来事にも簡単にアクセスできるようになった。田中はネットどころか携帯電話やスマートフォンも使わないという。その作家の小説がなぜか、小さな部屋から大きな世界に直接つながる現代人の感覚とこれ以上ないほどに重なり合っている。

西村賢太『苦役列車』
二〇一〇年発表／新潮文庫

柴崎友香『わたしがいなかった街で』
二〇一二年発表／新潮文庫

青山七恵『ひとり日和』
二〇〇六年発表／河出文庫

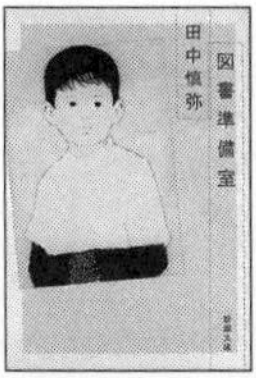

田中慎弥『図書準備室』
二〇〇六年発表／新潮文庫

座談会

一〇〇年の一〇〇冊から見えること

沼野充義
松永美穂
阿部公彦
司会
待田晋哉（読売新聞文化部）

文学全集の思い出

――本書I部は読売新聞二〇二〇年一〇月から二二年三月の連載コラムで、およそ一〇〇年の世界文学を文庫（ペーパーバック）に絞って紹介するというコンセプトでした。

個人的な話をすると、僕は文学全集に憧れがありました。子どもの頃、母親の実家にあったものをこっそり読み、学生時代には箱入りの美しいものがほしくて、でも高価で手が出せなかった。それで、今新たなものが編まれることはなかなかありませんが、近年充実している「文庫」という枠組みで先生方に作品を選んでいただけば、手に取りやすい値段の架空の世界文学全集ができると考えました。

沼野　オーソドックスなものだと、「集英社ギャラリー世界の文学」（一九八九～九一年）が最後でしょうか。それ以来、池澤夏樹編「世界文学全集」（二〇〇七～一一年）が出るまで、そういった類いのものはほとんどなかった。だから企画を聞いた時には、空白期間を埋める試みになるかなと感じました。

松永　私は筑摩書房の「世界文学大系」（一九五八〜六八年）を父が買っていた覚えがあります。その中に入っている作品は、読んだことがなくても漠然と「いいものなんだ」という信頼があった。

阿部　皆さんの、家に本があったという話は羨ましいです。私の家はそういう教養主義的なところがなかったので。中学・高校と寮に入っていて土日に実家に帰るのですが、その行き帰りに本屋でよく文庫本を買いました。今回の、文庫で読めるという企画はいいですよね。比較的安いから若い人でも買えるし、若くない人も、文庫なら腰痛の心配をせずにカバンに入れて出掛けられる。日常に読書を取り込むきっかけになりそうです。

新しい文学全集を作る

――実際に約六〇冊選んでみて、どうでしたか。

沼野　この作家はこの作品を入れたい、と思っても文庫化されていない……ということはありましたね。ただ世界文学全集となると、しっかりと価値体系を決めこの国からはこの作家というように、一種のカノンを作ろうという意識が強くなる。それに対して、文庫で読めるものに限定するのは、逆に自由度がある気もしました。

松永　今までのカノンとは違うものができたら面白いなと思いました。新しいカノンを作るのではなく、この六〇冊は、誰かの本棚に並んでいるような感じでいいんじゃないかと。それから私は、なるべく女性作家の作品を増やしたいという意識がありました。ドイツ文学関係だと定番以外も加えたかったのですが、実際に選んでみると東ドイツの文学がほとんど文庫化されていなかった。

阿部　二〇世紀に書かれた作品は、重要なものでもまだあまり文庫化されておらず、チョイスが難しかったですね。それで今回、改めて思ったのが、教養主義全盛のころは一九世紀文学の重厚長大さが意味を持ったということです。長い小説を読むのにかかる時間を、忍耐とともに共有するというのが教養主義の一部だった。二〇世紀の作家たちもそんな一九世紀文学の「重さ」にどう抗うかから出発して自分たちのスタイルを作ったのだと思います。今回の六〇冊は一九世紀文学との比較を意識したところがあります。

沼野　カノンは目指さないにしても、ある種のバランスは取りました。これまでとの違いを言えば、一九世紀は欧米の、白人の、男性作家が圧倒的多数を占めている。それに対して今回は広く世界を見渡して、文学の価値だけでなく、むしろ世界の多様性をこの場で示したいと思いました。例えば欧米の文学とインドの文学、どちらの価値が高いかなど単純に比較できないですしね。国籍のみならず、松永さんがおっしゃったように、なるべく女性の作家、それから様々な意味でマイノリティと言われてきた人たちの作品を。そういった面を考慮しながら、三人で話し合ってけっこう楽しくできたという気がします。

松永　私もなるべく「欧米＋男性」を象徴するような作品以外のものを選びたいと思っていましたが、実際には、六〇人中女性が一三人。四人に一人くらいでしたね……。

沼野　この数はどうなんでしょう。

松永　頑張ってこのくらい、ですよね。個人的にはもう少し増やしたかったですね。地域もなるべく広範囲からと意識しましたが、例えば、近年注目を集めている韓国の作品は連載時はまだ文庫化されていませんでした。中国、アラブ、アフリカは少し入れられましたが。

阿部　韓国と中国の作品は近年日本でも存在感を増していますが、それ以外の国になると、邦訳される作品はごくわずかですね。言語的に専門にしている人が少ないとカバーもしきれない。そういう地域の文学をどう日本で紹介していくかは今後の課題だと思います。

――第一次世界大戦前後から約一〇〇年という期間も従来の文学全集とは異なります。

沼野　歴史家のホブズボームが「長い一九世紀」に対し、「短い二〇世紀」と言っている。二〇世紀は第一次世界大戦から冷戦の終結で区切られるからと言うんですね。文学作品を選ぶ場合も、自然とスタートは第一次大戦前後に設定されたように思います。一九八九年冷戦終結、九一年ソ連解体以降は開かれた時代で、これからどうなっていくかはわかりませんが。新しい作品では、ケン・リュウ、チママンダ・ンゴズィ・アディーチェなど四〇代の作家が入って、現在進行形の世界文学を一応示せたのではないでしょうか。

松永　一〇〇年くらい前というのは、文学以外でも音楽や美術でシュルレアリスムや無調音楽、抽象画などが出てきて、それまでの常識を覆すような革新的な傾向が生まれた時期ですね。それから二〇世紀の初めに登場した精神分析との関わりで文学が変容してきた。精神分析的な物語解釈を書き手が知ることで語り方が変わってくるという側面もあるし、精神分析理論を作中の人物に当てはめるということもあるわけです。でもそのあと第二次世界大戦と、とくにドイツ文学ではホロコーストが、あまりにも大きな後遺症を残しました。ドイツ語圏の文学は東西統一まで、その負の遺産と向き合う時間が長く続いたと、改めて思います。

阿部　こうしてみると、今回選んだ作品は、戦争に関わっているものが多い。とくに意識したわけではありませんが、自然とそうなりました。つまり戦争をどう描くかが二〇世紀文学の大きなテーマだった。荒涼とした世界や、社会の不条理とどう折り合いをつけるかが重要になってきた時代でした。同時に笑いの要素が多いことにも気づかされます。どこかで笑わないとやっていられないほど悲惨な出来事が多く、また笑いがないと読者に伝わらない、あるいは読まれないのかもしれません。

――こだわったポイントや、もっとこうしたかったという点はありますか。

沼野　私の専門はロシアや東欧ですが、そればかり入れるわけにもいきませんからね。もう三〇年くらい前に、世界文学を選ぶような企画に参加したことがありまして。英独仏文学の権威の先生が来て、どこの国からどの作家を選ぶか話し合ったのですが、仏文の先生が「フランスがこれしか入らないなら、ロシアはもっと少なくていいでしょう」なんて言う（笑）。昔はこういう帝国主義的なところがあった。でも今考えると、そもそもカフカはドイツ文学なのか、アディーチェはアフリカの作家なのか、国境では線引きできないものがある。だからそういう領土の取り合いからこぼれてしまいそうな作品や作家を拾いたかった。まあ正直なところ、ロシア文学はもっと増やしたい気持ちがありましたが（笑）。例えば、アンチユートピア小説古典のザミャーチン『われら』（一九二〇～二一年）など加えてもよかったと思いますが、ジョージ・オーウェルの『一九八四年』が入りますから。そんなバランスは考えました。

松永　ドイツ語圏は、戦後八人もの作家がノーベル文学賞を受賞していますが、今回ギュンター・グラスしか入れていません。その後の作家たちは、日本で翻訳は出ているもののの文庫化はされず。ある時期以降ノーベル賞受賞者でさえ必ずしもポピュラーにはならないのだなと実感しました。東ドイツ時代のクリスタ・ヴォルフ（一九二九～二〇一一）はぜひ入れたかったのですが絶版になっていて、四〇年間存在した東ドイツという国が文学史の記憶から消えてしまうのかと思うと残念でした。アンナ・ゼーガースは戦後、東ドイツ作家同盟の会長になっていますが、今回選んだ『第七の十字架』は亡命中の作品なんです。

沼野　入れたかったけれど、入れられなかったというと、ガルシア＝マルケス『百年の孤独』（一九六七年）。文庫化されていないため、代わりに同著者の『エレンディラ』を選びました。これも悪くないけれど、やはり『百年の孤独』は二〇世紀の文学における記念碑的な作品ですから、本当は文庫化されていたらよかった。

阿部　どうしても小説中心になりましたが、ノンフィクションや手紙や自伝がもっと入ってもおかしくなかったですね。二〇世紀文学はジャンル横断が特徴でもある。とくに詩と散文の境界が薄れたり、美術作品と文学作品の境界が薄れたり。もはや小説という括りそのものが一九世紀的な過去のものとなりつつあって古びてしまったのかもしれません。二〇世紀以降、「小説的なもの」はすごく広がりを持っていきます。

沼野　詩が少しは入っていてもよかった。それはともかく、研究者から作家まで多くの方に原稿を書いていただきましたが、一篇が八〇〇字くらいで、大変だったと思います。あらすじを詳しく説明すると紙幅が足りなくなる。八〇〇字で作品の勘所を示すのは芸のいることですが、皆さんよくその作品を知っていて、肝の部分をつかみ出していて、とても面白かった。

松永　若い執筆者が多いのもいいなと思いました。それから、作家の方々はそれぞれ個性があって面白かったです。

沼野　『アンネの日記』を小川洋子さんが書いてくださったのもよかったですね。

最初の一冊を選ぶなら

――こうやって六〇冊並ぶと夢のリストです。田舎の少年に戻って、これを全部読むと立派な人間になれるような気持ちになりますが。

沼野・松永・阿部　（笑）

――あらためて、この一冊からスタートすればいいんじゃないかという、読み始めにおすすめなものを教えてください。

沼野　難しいなあ。自分が担当させてもらった作品は、最初に手に取ってもらうようなものだと思って書きました。サリンジャー『ライ麦畑でつかまえて』や、カフカ『変身』ですね。この二冊はある意味で原点と言える。サリンジャーは青春の悩み。二〇世紀後半の青春はサリンジャーとともにあったと書きましたが、そのくらい影響のあった作品です。カフカは二〇世紀の不条理な世界を予言したような作品ですね。

松永　そうですね。この二冊から入るといいなと思っていました。さすが沼野先生、いいところを押さえられたなと（笑）。

沼野　ゆずっていただきました（笑）。

松永　いえいえ。学生にすすめるとしたらこの二冊に加えて『アンネの日記』もいいと思います。

阿部　カフカは不条理という言葉から連想する難解な世界だけではなく、笑いの要素もあります。なかでも『変身』は短いし、私も一票。それと、おそらく読み通す人がほとんどいないという意味で、プルースト『失われた時を求めて』。最初のほうのマドレーヌの描写がよく知られていますが、多くの人はそこまで来ると安心して読むのをやめてしまう。やっと出てきて、ああこれでいいやって（笑）。もっと面白いところが後のほうにあるはずなので、そこを乗り越えて読んでもらいたい気がします。

今問いかけてくださった「何から読んだらいいか」は重要で、まだこれから文学を知りたい、世界のことを知りたいという人に、最初の一歩をどうすすめるかはなかなか難しいことです。せっかく読んでもらったものがイマイチと思われてしまうと、すごく残念なので。

――僕も一冊だけ挙げますと、ケン・リュウの『紙の動物園』。中国人の母親を持つアメリカ在住の子どもが主人公で、親子の関係、移民の問題が描かれている。読むと胸がしめつけられます。短篇なので手に取りやすいと思います。

松永　若い人にすすめるなら、カズオ・イシグロの『わたしを離さないで』も。語り手が若く、命について考えることもできる。切ないけれど心をつかまれる作品です。

阿部　今まで挙がった作品は文学を読みなれた人向けといえますが、それ以外だと、アレクシエーヴィチ『戦争は女の顔をしていない』は、慄《おのの》くというか、単に作品として読む以上のインパクトがある。そういう形で接する作品も一つ推薦しておきたいです。

沼野　あれは徹底的に話を聞くことに徹しているからこそ、作品としての強度が増している気がします。作者がしゃしゃり出て、物語を作ってしまうということなく、声を集めてそれが全体として不協和音のある合唱のようになっている。対立する意見もあるので、最後まで読むのは楽ではないかもしれませんが、インパクトは大きいでしょうね。

阿部　「声を集める」というと、村上春樹の『アンダーグラウンド』（一九九七年）を思い出しました。地下鉄サリン事件被害者へのインタビューで構成される作品ですが、様々な人の様々な話を少し距離を置いて作品化する手法は、荒涼とした二〇世紀という時代の文学において有効な方策だったのかもしれません。アレクシエーヴィチはノンフィクションですが、フィクションとして書かれたものでもこうした方法は活用されえますね。語り手が直接読者に語るのでなく、紆余曲折してやっとこちらに言葉が届くという書き方はフィクションでも見られます。

松永　今回の六〇冊には選ばれませんでしたが、ゼーバルト『アウステルリッツ』（二〇〇一年）などは、そのようなところがありますね。

沼野　ゼーバルトは、文庫になっているものがあれば、六〇冊に入ってもおかしくない作家ですよね。アレクシエーヴィチが「現代はあまりにも複雑になってしまって、従来の伝統的なフィクションでは対応できない。ドキュメンタリー文学こそ可能性がある」という趣旨のことを言っていますが、たしかに二〇世紀末以降、ドキュメンタリー的なものの意味が、新たに出てきたのかもしれません。村上春樹の『アンダーグラウンド』

は、アレクシエーヴィチの手法にかなり似ていると、私も思います。少し異なりますが、石牟礼道子の作品も。創作であって記録ではないと本人が言っていますが、ドキュメンタリー的要素を取り込みながら非常に強い文学を作っているという意味で、共通の方向性があります。

冷戦以降の世界文学

——戦後、とくに東西冷戦が終わり、一九九一年にソ連が崩壊して以降、米国一強から多極化の時代に進みました。文学においてはどんな変化があったのでしょう。

沼野　脱中心化が進んでいます。ただそれは九一年以降に限らず、そのかなり前からのことです。一九世紀、世界の文化の中心はずっとフランスでしたが、二〇世紀になってアメリカに移ってきた。そこからさらに脱中心化が進んでいる。中国にも日本にもインドにも「文学がある」ことが明らかになった。さらにアメリカで執筆する作家でも、例えばイーユン・リーなど、移民作家が増えている。アディーチェやケン・リュウなんかも、どこの国の作家とは言いがたい。大学文学部の「英文科」のような、言語別・国別のテリトリーに当てはまらない作家がどんどん増えてきているのは確かじゃないでしょうか。

松永　多和田葉子さんに『エクソフォニー』（エクソフォニーは、母語の外に出た状態を指す言葉）というエッセイ（二〇〇三年）がありますが、移動や、二言語で書く作家が増えていますよね。もちろんナボコフ、ナイポール、クンデラといった作家達が以前から活躍していましたが、それが珍しくなくなった。

阿部　英語圏の多極化もありますね。イギリスのブッカー賞はだいぶ前からかなり多様な国籍・地域の作品が受賞するようになっている。商業的な配慮もあるのでしょうが、そもそも文学作品が生まれる重要な要素であるところの、何かを語りたいというモチベーション、声を発したいというエネルギーは、特権を与えられてこなかった地域にこそあると考えられます。ただ、賞を運営するのはまだ中心の人達ですが。

――作品そのものの変化はありますか。

阿部　ＡＩの活用やコミュニケーションの変化は多くの人が意識していますよね。例えば六〇冊には入りませんでしたが、イシグロの『クララとお日さま』（二〇二一年）など。

松永　テーマに関しては、ジェンダーの問題、遺伝子工学、ＡＩ、環境破壊など、現実よりも進んだ作品が書かれていますね。イシグロもそうですが。マーガレット・アトウッドや日本の村田沙耶香さんも生殖などに関する興味深い小説を書いています。

阿部　一方で一九世紀初頭のゴシック小説、メアリー・シェリー『フランケンシュタイン』だって、原型としては同じといえます。いつの時代もこうしたものに対する人間の強い反応がある。もう一つ変化として、作中で使われる言葉はどうでしょう。一九世紀末にはタイプライターやラジオなどメディアの変化が意味を持ちましたが、今回それにあたるのがＩＴです。文学作品の中には、メールなどといった形で登場していますが、それが文学のモードをどう変えたかについてはまだちょっと分からない。ケータイ小説というものもありましたが、何か革命的なことが起きたかというと、どうか……。

松永　実験的な書き方という意味では、日本では多和田葉子さんや円城塔さんなんか語りのモードを変えていますし、世界的にもそういう書き手はいると思うのですが、今回の文庫六〇冊では拾いにくいのかなと感じました。

沼野　現代的なテーマについては、とくにＳＦ作家が積極的に扱ってはいますが、全体的にそれが「書き方」に大きな変化を与えているかというと、まだそこまではいえないような気がしますね。むしろ世界情勢を見ると、一九九一年以降は過去の、戦争や全体主義といった、本来繰り返されてはいけない二〇世紀の悲惨な体験が繰り返されつつある。そういったことに対して文学に何ができるのかが問われているように思います。

文学はそう簡単には死に絶えない

――連載の終わり近く、二〇二二年二月にロシアのウクライナ侵攻がありました。

沼野　二〇世紀の文学は、戦争やホロコーストといった破滅的な出来事を扱った作品が非常に多い。ウクライナ戦争で文学が衰退するようなことはなく、おそらくその逆でしょうね。今現在は文学どころではないかもしれませんが、やっぱり文学の世界はとても大きいものだと思います。個人のうじうじした悩みから、世界戦争や宇宙の話まで含みうるものですから。ただ作家の生き方は問われるでしょうね。時代や権力に迎合的な作家とそうでない作家が区別され、作家の本当の価値があぶりだされ、読者はそれを目撃しながら読むことができる。ウクライナでは今も詩人や作家は書き続けているし、文学はそう簡単には死に絶えないのだなと、私は思っていますが。

松永　そうですね。二二年はウクライナ文学やロシア文学に注目が集まった面もありますよね。ただ文学は「遅いメディア」なので、じっくり考える部分はこれからですね。それを待っている人たちがいると思います。

阿部　まさに、文学にとって、時間とどう付き合うかは難しい点ですよね。声や気持ちといったものを伝えるには時間の流れは大きな役割を果たしますが、「今」という即時性を語るのは難しいジャンル。メディアは二〇世紀に入ってから「今」がどうしても注目されがちです。文学は、「思い出すこと」が武器なので、それを意識して積極的に活用するのがいいのでしょうね。

――近年、中国の作家の活躍が目立ちます。一方で全体主義的な政策も指摘されます。

沼野　一九世紀ロシアは言論が抑圧され自由のない悲惨な社会だったからこそ、ドストエフスキーのようなすばらしい作家・文学が生まれたと、よく言われます。今の中国も、莫言や閻連科や残雪といった、世界に出して遜色のない作家がこれだけいる。それに劉慈欣の『三体』のような世界を席巻するSF作品もある。文学というのは、書きやすい整った状況で出てくるものでなく、常に「にもかかわらず」出てくるものだと思っています。だから中国で優れた作品が生まれるのは驚くことではないし、その土壌があるということですよね。

松永　現実が抑圧されるなかで、想像力で突破していくというのが、中国の現代作品にはありますよね。郝景芳の『1984年に生まれて』（二〇一六年）という作品を読みましたが、八四年に生まれてからの中国の激しい変化を辿りつつ、一方で様々な文体を駆使しながら書いています。日本より中国の方がこの三〇年あまりで社会が急激に変化しただけに、想像力の跳躍が大きいと感じました。

阿部　私は中国は何日間かしか滞在したことがありませんが、そのわずかな経験からいっても、何か混沌としたエネルギーを感じました。だから様々な可能性があるでしょうね。例えばイギリスは一六世紀、一七世紀頃が成長期だったので、政治的にも混乱があり、内戦もあった。そういう時は、下手をすると全体主義的な方向へ行く可能性がある。文学においてもエネルギーがあって、新たなものが生み出される気がします。

日本文学の一〇〇年、転換点は

――今回の書籍化にあたり、新聞連載で扱った世界文学六〇冊に加え、Ⅱ部として文庫で読める日本文学四〇冊を選び、合計一〇〇冊にしました。作品の選定と原稿執筆は、最初に連載を企画した読売新聞文化部の待田が担当しました。選ぶ際に意識したのは、なるべくストーリーがはっきりしていて手に取りやすいことです。

沼野　四〇冊分を一人で執筆されて、本当におつかれさまでした。最初から世界の一〇〇冊という企画を作っていたとしたら、その中に日本文学を何冊入れるか決めるのは非常に難しい。今回は先に六〇冊があって、その配分に悩まなくてすみましたね。日本には伝統的に世界文学全集と日本文学全集があるから、それが一冊になったと考えるとちょうど良い。

阿部　会議などでよく言われることですが、一〇人以下だとすぐ話がまとまる。一〇〇人以上だと緊張して意見が出ない。四〇人くらいだと議論が白熱してまとまらない。四〇という数字は実は一番、「何でこれが入らないの」といった意見が出そうで面白い（笑）。作品の選定も、川端康成は『眠れる美女』にしていたりと、選者の個性が出ていて興味深いです。

沼野　今回は芥川龍之介から始めていますが、時代に関しても考え方は様々でしょう。ちなみに、女性は何人くらい入っていますか？

――一五人ですね。九〇年代以降は女性作家の活躍が目立ってきます。

松永　現代に近づくにつれて女性の作品が増えてきますよね。そのなかでも、「ここで潮目が変わったな」と感じたのは、吉本ばななさんの『キッチン』（一九八七年発表）です。山田詠美さんも一年違い。このあたりに大きな変化があったように思います。

――作品を選びながら、村上春樹『１Ｑ８４』は大きな問題を提示しているように思いました。物語は本来、自分たちが進むべき１９８４年でなく、１Ｑ８４に迷い込んでしまったとも読めるものです。そう考えると、一九八四年というのはまだバブル経済の前です。この後の日本は、マネーに翻弄される時代と言われ、一方で戦争の色は薄れていく。このあたりに日本文学の転換点があったように感じます。

沼野 八〇年代から九〇年代初頭は、「空白の時代」という気が私はします。バブル経済とその崩壊があり、その後は新しい世界の枠が見えてくる。転換点がこのあたりにあったということはその通りだと思います。

阿部 八〇年代はすごく重要な時代で、吉本隆明が『マス・イメージ論』（一九八二〜八三年発表）を書くなど、ポップなものに文化人が近づいた。一方で、今回の四〇冊に入っている古井由吉『槿』も八〇年代の作品です。この頃はポップなものと伝統的で重厚なものとが拮抗するような緊張感があった。文学批評も盛んで、若手批評家が旧世代の作家を果敢に批判していた。今はそういう緊張感はなくなりましたね。

——文化部の記者になって最初の修業として、芥川賞受賞作をとにかく読んだのです。そこで感じたのは、八〇年代後半の受賞作、たとえば池澤夏樹さんの『スティル・ライフ』（一九八七年発表）あたりから傾向が変わってきたこと。それまでの文学は、人生とどう向き合うかがテーマの中心にありましたが、お金に関わる話が出てきたり、文章が柔らかくなってきたり。そんな印象があります。

日本の作品は海外でどう読まれているか

――選定の際にもう一つ、とくに現代の作品は、海外で読まれているものを入れるよう意識しました。

沼野　比較的若い作家たちが、海外で読まれている、あるいは注目されているというのは、時代の変化を感じます。以前の、とくにいわゆる純文学系作家のほとんどは、自分の作品が翻訳されて海外で読まれることなど意識していなかったでしょう。ノーベル文学賞を取った川端康成、あとは谷崎潤一郎、安部公房、三島由紀夫、あるいはキリスト教をテーマにした作品で遠藤周作もある時期注目されていました。でもこれらは例外的少数でした。それが今は、川上未映子さんや平野啓一郎さんなど、自分の作品が英語圏の読者にどう読まれるか、かなり意識している。やはり村上春樹が突破口になりました。この四〇冊の選定にそれが反映されているのも面白い。日本文学篇と海外文学篇を繋ぐ部分にもなりますね。

松永　日本文学が海外にどんどん紹介されているというのがわかるラインナップになっているのは、これまでの全集と違った面ですね。海外篇でもなるべく欧米圏以外から選ぼうと意識しましたが、日本文学が英仏独語圏や中国・韓国で多く読まれているのは歓迎すべきことだと思います。ここで挙がっている若い作家たちは、実際によく海外で紹介されている。とくに想像力豊かな若手女性作家が注目されることが多いと感じます。

阿部　村上春樹は、皆が想像する以上に、自分が日本で正しく評価されていないという意識があったのでしょうね。野球でいうと野茂英雄みたいな（笑）。ただそれに続く人たちは野球と一緒で、皆のびのびとやって、日本でも成功し、海外でも読まれる。エージェントと相談して戦略を立て、場合によっては書く際に最初から翻訳を意識することもあるでしょう。こうした状況を念頭に四〇冊を見直すと、翻訳されても伝わりづらいだろうなという作家と、受け入れられそうだなという作家がいて興味深い。太宰治よりも、明らかに三島のほうが受けるだろうなとか。生理的な文体感覚がありますから、翻訳されやすいように書こうとして、皆がそうなるわけでもない。川上未映子さんも作品によっては翻訳されづらいと思いますが、その作品がまた良かったりもする。こういう状況で、日本語・日本文学がどうなっていくのか。ひょっとすると第二の言文一致的なものが起こるかもしれないし、興味深いですね。

松永　漫画もすごく翻訳されていますが、『るろうに剣心』とか『20世紀少年』のような、日本的なものが受け入れられているのが意外です。絵があるというのも大きいと思いますが、翻訳されにくいと思っている文学作品のなかにも、受け入れられるものもあるかもしれません。

阿部　そうですね。それも面白い。

沼野　マイナーな言語で書かれた文学を含めて、世界の文学を翻訳で読むことができるのと同時に、日本文学が読まれていって、文学を通じて世界が地続きになる。そういう時代に差しかかっているのかなと思いますね。それから、海外の日本文学研究者は非常に実力があがっています。つい「これは難しいから訳されないだろう」と考えがちですが、そんなことはなくて、難しいほどファイトが湧いてくるという翻訳者も出てきますから。これからいっそう世界文学のなかの日本文学は広がりが出てくると思います。

阿部　翻訳のことで付け加えると、ここ数年で自動翻訳の精度もかなりあがっています。文学は自動翻訳ではできないとよく言われますが、作品そのものを訳すのは難しくても、概要を示したり、入口を用意したりするのに役立つ。言語の壁がさらに低くなったと感じます。今まで触れられなかったものも、とりあえず近くまでは行ける。文学だけでなく、様々な文化的な偏見や問題の解消に繋がればいいなと思います。

松永　六〇＋四〇冊のリストを見ると、この一〇〇年を考えるのに、すごく良い作品がそろっていると感じます。また読んでみたいなと思うものが必ずあると思うので、こうした形でまとまってよかったですね。

――新聞連載から担当できて自分自身もとても嬉しく思います。世界文学の六〇冊、日本文学の四〇冊、どの作品からでも良いので、ぜひ読者の皆さんに楽しんでいただけたらと思います。

（二〇二三年一二月五日収録）

世界文学関連年表

年	海外文学	日本文学	出来事（世界／日本）
一九〇九	ジッド「狭き門」		
一〇			日韓併合
一一			辛亥革命
一二			明治天皇崩御、大正と改元
一三	プルースト「失われた時を求めて」（～二七）		
一四			第一次世界大戦開戦
一五	カフカ「変身」	芥川「羅生門」	
一七			ロシア革命
一八			第一次世界大戦終結
二〇	チャペック「ロボット」		国際連盟成立
二一	魯迅「故郷」		日米英仏四ヵ国条約
二二	魯迅「阿Q正伝」、ジョイス「ユリシーズ」		ソヴィエト社会主義共和国連邦成立／日本共産党結成
二三			関東大震災
二四	マン「魔の山」		
二五	フィッツジェラルド「グレート・ギャツビー」		

一九二六			大正天皇崩御、昭和と改元
二七	ウルフ「灯台へ」		蔣介石が南京国民政府樹立
二八	ブルトン「ナジャ」	谷崎「卍」（〜三〇）	
二九	レマルク「西部戦線異状なし」	小林「蟹工船」	ウォール街株価大暴落、世界大恐慌
三〇	ヘッセ「知と愛」		ロンドン海軍軍縮会議
三一			満洲事変
三二			ドイツ総選挙でナチス第一党／五・一五事件
三三	ケストナー「飛ぶ教室」		
三六	フォークナー「アブサロム、アブサロム！」	堀「風立ちぬ」（〜三八）	スペイン内戦（〜三九）／二・二六事件
三七			日中戦争開戦
三八		林芙美子「戦線」	
三九			ドイツ軍がポーランドに侵攻
四一			真珠湾攻撃、太平洋戦争開戦
四二	ゼーガース「第七の十字架」		
四三	張愛玲「傾城の恋」「封鎖」、サン＝テグジュペリ「星の王子さま」		

四四	ボルヘス「伝奇集」		
四五	ウォー「回想のブライズヘッド」		ドイツ無条件降伏／広島と長崎に原爆投下、日本降伏文書に調印
四六	ジュネ「薔薇の奇跡」	埴谷「死霊」（〜九七）	国際連合第一回総会
四七	カミュ「ペスト」、フランク「アンネの日記」		
四八		太宰「人間失格」	第一次中東戦争
四九	オーウェル「一九八四年」、ボルヘス「アレフ」		NATO設立、東西ドイツ政府成立、中華人民共和国成立
五〇	ルイス「ナルニア国物語」（〜五六）		朝鮮戦争
五一	サリンジャー「ライ麦畑でつかまえて」	安岡「ガラスの靴」、吉行「原色の街」	サンフランシスコ講和条約
五二	ヘミングウェイ「老人と海」、ベケット「ゴドーを待ちながら」		
五三			朝鮮休戦協定調印
五四	ゴールディング「蠅の王」		ビキニ環礁水爆実験で第五福竜丸被災

一九五五	ナボコフ「ロリータ」		アジア・アフリカ会議、パリ協定発効、ワルシャワ条約
五六		三島「金閣寺」	第二次中東戦争／水俣病公式確認
五七			スプートニク一号打ち上げ
五八	アチェベ「崩れゆく絆」	遠藤「海と毒薬」	欧州経済共同体（ＥＥＣ）設立
五九	グラス「ブリキの太鼓」、ナイポール「ミゲル・ストリート」		キューバ革命
六〇		三浦「忍ぶ川」、川端「眠れる美女」（〜六一）	
六二	ソルジェニーツィン「イワン・デニーソヴィチの一日」	瀬戸内「夏の終り」	キューバ危機
六三	カナファーニー「太陽の男たち」		ケネディ米大統領暗殺
六四		大江「個人的な体験」	ベトナム戦争激化／東京オリンピック
六五	バルガス＝リョサ「緑の家」		
六六	ブルガーコフ「巨匠とマルガリータ」		中国で文化大革命

六七		安部「燃えつきた地図」、大岡「レイテ戦記」（～六九）	第三次中東戦争
六八			プラハの春、パリ五月革命、核拡散防止条約採択／東大紛争、川端ノーベル文学賞
六九	シンガー「よろこびの日」、カナファーニー「ハイファに戻って」	石牟礼「苦海浄土」、金子「どくろ杯」（～七〇）	
七〇	モリスン「青い眼がほしい」		三島由紀夫自殺、大阪万博
七一		開高「夏の闇」	
七二	カルヴィーノ「見えない都市」、ガルシア゠マルケス「エレンディラ」		ウォーターゲート事件／沖縄施政権返還
七三			第四次中東戦争、オイル・ショック
七五		林京子「祭りの場」	ベトナム戦争終結
七六		中上「枯木灘」（～七七）	第一次天安門事件
七八		津島「光の領分」	
八〇		古井「槿」（～八三）	イラン・イラク戦争が本格化、ジョン・レノン射殺

一九八一	ラシュディ「真夜中の子供たち」		
八二	アジェンデ「精霊たちの家」		
八三	カーヴァー「大聖堂」		
八四	クンデラ「存在の耐えられない軽さ」、デュラス「愛人」、アレクシエーヴィチ「戦争は女の顔をしていない」		
八五	ウィンターソン「オレンジだけが果物じゃない」、アトウッド「侍女の物語」		プラザ合意
八六	オースター「幽霊たち」、莫言「赤い高粱」	山田「ソウル・ミュージック・ラバーズ・オンリー」（〜八七）	チェルノブイリ原発事故
八七		吉本「キッチン」、筒井「文学部唯野教授」（〜八九）	ブラックマンデー
八九			第二次天安門事件、冷戦終結／昭和天皇崩御、平成と改元
九〇			アフリカ大陸最後の植民地・ナミビア独立宣言

九一	ゴーディマ「ジャンプ」		湾岸戦争開戦、ソ連解体／バブル経済崩壊
九三			欧州連合（EU）発足
九四			大江ノーベル文学賞
九五			阪神・淡路大震災、地下鉄サリン事件
九七			クローン羊ドリー誕生、アジア通貨危機
九八	パムク「わたしの名は赤」、ウエルベック「素粒子」		
九九	クッツェー「恥辱」	川上弘美「センセイの鞄」（～〇〇）	ユーロ誕生
二〇〇〇			プーチン露大統領就任
〇一	マキューアン「贖罪」	桐野「グロテスク」（～〇二）	アメリカ同時多発テロ
〇二		柳「8月の果て」（～〇四）	東ティモール独立
〇三		角田「対岸の彼女」（～〇四）	イラク戦争
〇四		小川「ブラフマンの埋葬」	
〇五	イシグロ「わたしを離さないで」		

二〇〇八			リーマン・ショック、コソヴォ共和国独立
〇九		村上「1Q84」(〜一〇)、中村「掏摸」	オバマが黒人として初めて米大統領就任
一〇	イーユン・リー「黄金の少年、エメラルドの少女」	伊坂「マリアビートル」、多和田「雪の練習生」	
一一	呉明益「歩道橋の魔術師」		南スーダン共和国独立／東日本大震災
一二		吉田「怒り」(〜一三)	
一三	アディーチェ「アメリカーナ」		
一五	ケン・リュウ「紙の動物園」	平野「マチネの終わりに」(〜一六)	パリ同時多発テロ、COP21
一六		村田「コンビニ人間」	英国民投票でEU離脱派が勝利
一九		川上未映子「夏物語」	天皇が生前退位、令和と改元

執筆者一覧（50音順）＆アンケート

Ⓠ文庫化してほしいおすすめの本はありますか？（回答は二〇二三年三月現在）

粟飯原文子（アフリカ文学者）Ⓐアシア・ジェバール『愛、ファンタジア』

青山七恵（作家）Ⓐフラナリー・オコナー『秘義と習俗』

秋草俊一郎（比較文学者）Ⓐ『アウステルリッツ』などW・G・ゼーバルトの作品

阿部賢一（中東欧文学者）Ⓐエリアス・カネッティ『眩暈』

上田岳弘（作家）Ⓐアリ・スミスの四季四部作をお薦めします。『秋』『冬』『春』『夏』。

尾方一郎（ドイツ文学者）Ⓐトーマス・マン『ヨセフとその兄弟』

小川公代（英語圏文学者）Ⓐキャロル・ギリガン『もうひとつの声で─心理学の理論とケアの倫理』

小川哲（作家）Ⓐジュリアン・ジェインズ『神々の沈黙』

小川洋子（作家）Ⓐデボラ・ソロモン『ジョゼフ・コーネル─箱の中のユートピア』。コーネルほど、小さな箱、文庫本が似合う芸術家はいない。

奥畑豊（英文学者）Ⓐアンジェラ・カーター『夜ごとのサーカス』

小沢自然（英語圏文学者）Ⓐジェニー・エルペンベック『行く、行った、行ってしまった』、Samuel Selvon, *The Lonely Londoners.*（未邦訳）

片山亜紀（英文学者）Ⓐラドクリフ・ホール『さびしさの泉』。かつて大久保康雄訳で文庫が出ていましたが、絶版になっています。まだLGBTQの区分が明確でなかった時代の、レズビアンともトランスジェンダーとも読める人物の物語です。

吉川信（英文学者）Ⓐ一九八〇年代に国書刊行会から出版されていた「ゴシック叢書」シリーズ内の、イギリス・ゴシック小説群は、文庫で出ていると学生にも薦めやすいので助かります。

城戸久枝（ノンフィクションライター）Ⓐ内田美智子・佐藤剛史著『ここ―食卓から始まる生教育』

金志成（ドイツ文学者）Ⓐインゲボルク・バッハマン『マリーナ』、J・M・クッツェー『サマータイム、青年時代、少年時代―辺境からの三つの〈自伝〉』

鴻巣友季子（翻訳家）Ⓐウンベルト・エーコ『薔薇の名前』、ダグラス・ホフスタッター『ゲーデル、エッシャー、バッハ』、ボラーニョ・コレクション、ゼーバルト・コレクション、ピンチョン全小説

小谷真理（SF・ファンタジー評論家）Ⓐスザンナ・クラーク『ジョナサン・ストレンジとミスター・ノレル』、ウィリアム・ホープ・ホジスン『ナイトランド』、キャロル・エムシュウィラー『カルメン・ドッグ』、マーク・Z・ダニエレブスキー『紙葉の家』、キャシー・アッカー『ドン・キホーテ』

後藤はるか（仏文学者）Ⓐナタリー・サロートの作品

斎藤真理子（翻訳家）Ⓐ金聖七『ソウルの人民軍』、上野英信『廃鉱譜』、吉岡実『うまやはし日記』、四方田犬彦『われらが〈他者〉なる韓国』（再文庫化）

坂上泉（作家）

坂根隆広（米文学者）Ⓐ米国の女性作家ウィラ・キャザーの小説

坂本浩也（仏文学者）Ⓐヴァージニア・ウルフ『波』、マルセル・シュオッブ『架空の伝記』、『幸福論』で知られる哲学者アランの戦争論『マルスあるいは裁かれた戦争』（完訳で）。

鈴木将久（中国文学者）Ⓐ茅盾『子夜』。文庫があるが長く品切れ状態である。中国近代文学の長篇小説の魅力を伝える作品であり、再文庫化が期待される。

須藤輝彦（中欧文学者）Ⓐロベルト・ムージル『特性のない男』、ロベルト・ボラーニョ『2666』。奇しくもふたりの「ロベルト」の作品とな

りましたが、どちらも「これが文庫で読めないのはおかしい！」と思わせる、桁違いの小説です。

諏訪部浩一（米文学者）Ⓐイーディス・ウォートン『歓楽の家』。アメリカ女性作家の古典的作品は、もっと文庫化され、広く読まれてほしいと思います。

田口卓臣（仏文学者）Ⓐモンテスキューの小説『本当の話』（未邦訳）はおすすめ。モンテスキューはもっぱら『法の精神』の著者として知られるが、彼の小説を読むと、その途方もない想像力にいつも驚かされる。ドミトリー・グルホフスキー『メトロ２０３３』はぜひ文庫になってほしい。核戦争から数十年後のモスクワを舞台として書かれたロシアの近未来小説。邦訳刊行の直後に起きた三・一一の衝撃が巨大すぎて日本では十分に注目されなかったが、現在のロシアの状況を踏まえると、むしろ今こそ異様なリアリティーを持つ。

武田将明（英文学者）Ⓐヘリオドロス『エティオピア物語』、ダニエル・デフォー『ロクサーナ』、サミュエル・リチャードソン『クラリッサ』、ジェイムズ・ホッグ『悪の誘惑』、ガブリエル・ガルシア＝マルケス『百年の孤独』

田尻芳樹（英文学者）Ⓐジャン＝ポール・サルトル『嘔吐』

立原透耶（小説家、翻訳家）Ⓐ劉慈欣『三体』シリーズ。持ち歩いて何度も読み直したいＳＦ大作で、大好きです。

中井亜佐子（英文学者）Ⓐアチェベの『崩れゆく絆』と並ぶアフリカ英語文学の古典、グギ・ワ・ジオンゴの『一粒の麦』。

中村和恵（英語圏文学者）Ⓐ北村太郎『ぼくの現代詩入門』

中村文則（作家）Ⓐ藤沢周『第二列の男』

奈倉有里（ロシア文学者）Ⓐアレクサンドル・オストロフスキー『雷雨』

西加奈子（作家）Ⓐアリ・スミスの四季のシリーズ（『秋』『冬』『春』『夏』）は、この時代に絶対に必要な物語だと思うので、文庫化を願います。

野崎歓（仏文学者）Ⓐアンドレ・ブルトン『通底器』

乗松亨平（ロシア文学者）Ⓐアンドレイ・プラトーノフ『秘められた人間』（江川卓訳）

東直子（歌人）Ⓐ小池純代さんのすばらしい歌集『雅族』と『苔桃の酒』と『梅園』を、できればセットで文庫化していただけると、とても幸せです。

東山彰良（作家）Ⓐマリオ・バルガス＝リョサ『世界終末戦争』

土方正志（編集者・荒蝦夷代表）Ⓐクラウディオ・マグリスの『ドナウ—ある川の伝記』はいい本だと思います。

藤井省三（現代中国文学者）Ⓐ李昂『自伝の小説』『夫殺し』、閻連科『人民に奉仕する』『炸裂志』、鄭義『神樹』、アニー・ベイビー『さよなら、ビビアン』、『香港短篇小説選』全五巻の一部（未訳）、白先勇『台北人』、莫言『酒国』、韓寒『1988』（文芸誌に抄訳拙訳）、沈従文『辺境から訪れる愛の物語 沈従文小説選』、蕭紅短篇集「手」ほか、郭敬明『悲しみは逆流して河になる』、エロシェンコ『エロシェンコ童話集』、王小波『黄金時代』

藤澤太郎（中国文学者）Ⓐ二〇世紀中国文学の範囲でいいますと、蕭紅『呼蘭河伝』、汪曾祺『受戒』、史鉄生『命若琴弦（人生は琴の弦のように）』などはより広く読まれていい作品だと思います。いずれも地域的、時代的にあるいは環境的に特殊な世界を描きながらも、人間の在り方と生き方をめぐる普遍的な部分に迫った作品です。

星野智幸（作家）Ⓐガルシア＝マルケス『百年の孤独』

前之園望（仏文学者）Ⓐアンドレ・ブルトン『通底器』『秘法十七』です。ブルトンの『ナジャ』『通底器』『狂気の愛』は彼の三部作と呼ばれており、また『秘法十七』もその流れをくむブルトン独自の散文作品です。『ナジャ』と『狂気の愛』は既に文庫化されているので、『通底器』と『秘法十七』も文庫化されると非常に嬉しく思います。

松田青子（作家）Ⓐケヴィン・ウィルソン『地球の中心までトンネルを掘る』

見田悠子（ラテンアメリカ文学研究者）Ⓐイレ

ネ・バジェホ『パピルスのなかの永遠―本の歴史の物語』（二〇二三年刊行予定）

宮下遼（トルコ文学者）Ⓐウンベルト・エーコ『薔薇の名前』、金石範『火山島』

森慎一郎（米文学者）Ⓐジョン・アップダイク『オーリンガー短篇集（Olinger Stories）』（アップダイクのいちばんいいところを、できれば文庫・新訳で）、ハーパー・リー『アラバマ物語』、ゾラ・ニール・ハーストン「彼らの目は神を見ていた」、トマス・ピンチョンの長篇（ピンチョンを嗜好品にしておくのはもったいないような）。

柳原孝敦（スペイン語圏文学者）Ⓐ断然、ガブリエル・ガルシア＝マルケス『百年の孤独』です。

和田忠彦（イタリア文学者）Ⓐいずれも京都在住の作家による入手困難な良書を挙げる。上野瞭『日本宝島』、山田稔『ああ、そうかね』。前者は、代表作『ひげよ、さらば』に先行する長篇冒険小説。読後に苦さと優しさが沁みる。後者は、どれも短篇の深い味わいをもつ地元紙夕刊連載のエッセイ六八篇。

編者

阿部公彦（英文学者）ⒶE・M・フォースター『ハワーズ・エンド』（吉田健一訳）

沼野充義（スラブ文学者）Ⓐガルシア＝マルケス『百年の孤独』。「ロシア名詩選」こういう手ごろなアンソロジーは単行本でもありませんが、文庫版オリジナルで一冊ぜひほしいものです。

松永美穂（ドイツ文学者）Ⓐハンガン『菜食主義者』、ゼーバルト『アウステルリッツ』

＊

待田晋哉（読売新聞文化部）Ⓐ金鶴泳「凍える口」「夏の亀裂」

あとがき

最後のページまでゲラを読み直し、文学は人をつなぐことを実感している。この本で紹介させていただいた一〇〇冊の著者がいる。この中心となった海外文学篇の六〇冊を選んでくださった沼野充義先生（私は取材で知り合った相手を「先生」と呼ばないようにしている。だが、先生だけはロシア文学に憧れていた学生時代、授業を取ったので呼ぶことを許してほしい）、松永美穂さん、阿部公彦さんがいて、海外文学篇の執筆を担当してくださった筆者の方々がいる。読売新聞の日曜読書面「本よみうり堂」掲載時に原稿の受け渡しを担当した記者の右田和孝さん、川村律文さん、武田裕藝さん、池田創さんの力なくしてはこの企画は成り立たなかった。長期の連載は、デスクの松本良一さん、十時武士さん、徳毛貴文前文化部長、植田滋文化部長に、温かく見守っていただいてこそ続けることができた。

連載で取り上げた海外の作品六〇冊に日本の作品四〇冊を合わせて、この一〇〇年の一〇〇冊を紹介する本にしませんかと提案をしてくれた中央公論新社の太田和徳文庫編集部長、そして最後に本の編集を担当してくださった橋爪史芳さんにも深くお礼を申し上げたい。仕事とは、人に共感することなのだと教わった。

　大学で文学を学びたいと思った一七歳のとき、臆病で傲慢だった私は、本に関わる仕事につけばあまり人にかかわらずに生きていけるのではないかと思っていた。それは、間違っていた。文学作品を読むことで多くの他人の人生を知り、人と触れ合う勇気を与えられた。持って生まれた自分の器より少しだけ積極的に生きさせてくれた。

　この本が描く人の輪は、手に取られた方の存在によって完結する。直接は会えなくても、目に留めてくださった方はみんな、人間と文学を愛する私たちのかけがえのない仲間です。

読売新聞文化部次長　待田晋哉

編集付記

一、本書は読売新聞「本よみうり堂」の連載「文庫×世界文学　名著60」に、Ⅱ日本文学篇（書き下ろし）と座談会（語り下ろし）をあわせて一冊にしたものです。

一、本文中の書誌情報は二〇二三年三月現在のものです。

中公文庫

文庫《ぶんこ》で読《よ》む100年《ねん》の文学《ぶんがく》

2023年5月25日　初版発行

編　者　沼野《ぬまの》 充義《みつよし》
　　　　松永《まつなが》 美穂《みほ》
　　　　阿部《あべ》 公彦《まさひこ》
　　　　読売《よみうり》新聞《しんぶん》文《ぶん》化《か》部《ぶ》

発行者　安部 順一

発行所　中央公論新社
　　　　〒100-8152　東京都千代田区大手町1-7-1
　　　　電話　販売 03-5299-1730　編集 03-5299-1890
　　　　URL https://www.chuko.co.jp/

DTP　市川真樹子
印　刷　三晃印刷
製　本　小泉製本

Published by CHUOKORON-SHINSHA, INC.
Printed in Japan　ISBN978-4-12-207366-1 C1190

各書目の下段の数字はＩＳＢＮコードです。978－4－12が省略してあります。

中公文庫既刊より

チ-1-4
ロボット ＲＵＲ
カレル・チャペック
阿部賢一 訳
人造人間の発明で、人類は真の幸福を得たはずだった――。「ロボット」という言葉を生み、発表から一〇〇年を経てなお多くの問いを投げかける記念碑的作品を新訳。
207011-0

む-4-9
Carver's Dozen レイモンド・カーヴァー傑作選
カーヴァー
村上春樹 編訳
レイモンド・カーヴァーの全作品の中から、偏愛する短篇、エッセイ、詩12篇を新たに訳し直した〝村上版ベスト・セレクション〟。作品解説・年譜付。
202957-6

ハ-6-2
チャリング・クロス街84番地 増補版
〈レーン・ハンフ 編著
江藤淳 訳
ロンドンの古書店に勤める男性と、ニューヨーク在住の女性脚本家との二十年にわたる交流を描く書簡集。後日譚「その後」を収録した増補版。〈巻末エッセイ〉辻山良雄
207025-7

あ-92-1
夜ふかしの本棚
朝井リョウ／円城塔／窪美澄／佐川光晴／中村文則／山崎ナオコーラ
六人の作家が心を震わせた五十九冊をご紹介。腹が立つほど面白い名作、なぜか苦手なあの文豪……夜ふかしを誘う魔法の読書案内。〈本にまつわるQ&A付き〉
206972-5

あ-96-2
文庫の読書
荒川洋治
文庫愛好歴六〇年の現代詩作家が、読んで書いた文庫をめぐるエッセイを自ら厳選。文庫オリジナル編集で贈る、文庫愛読者のための文庫案内全一〇〇冊。
207348-7

す-24-1
本に読まれて
須賀敦子
バロウズ、タブッキ、ブローデル、ヴェイユ、池澤夏樹……。こよなく本を愛した著者の、読む歓びが波のようにおしよせる情感豊かな読書日記。
203926-1

わ-25-1
装丁物語
和田誠
絵を描き、文字を配し、用紙を選んで一冊を作り上げる。そのデザインの源泉は書物への深い愛着。星新一から村上春樹まで――惜しみなく披露する本作りの話。
206844-5